春荷青鄉

——張春榮散文集

推薦序

守得雲開見月明

顏荷郁

有一就有二，無三不成禮，歲月悠悠，這是我第三度為春榮散文集寫序。回首前塵，七十七年《鴿子飛來》序中，我稱他為苦行僧筆耕者，一眨眼三十三年，他仍不改本色。八十一年《青鳥蓮花》序中，我引愛默生名言：Art is a jealous mistress，戲稱寫作是他善嫉的情婦，霸佔他多數閒暇時間。多年來他與情婦仍形影不離，熱情不減。好在八十二年起，貴為正宮，我不甘示弱，加入戰局，竟與他的「文學情婦」化敵為友，本著「中西互補」，兩人合作編著，挹注相長，成書十三本，為西洋文學名著與中文經典略盡棉薄之力。大抵春榮一路走來，以教學研究為主，創作為輔，筆耕不輟，成書三十餘本，平均一年一本。一晃三十載，蒼蒼橫翠微，我常提醒他生命中重要的風景，走過路過足堪筆耕書寫，張郎豈可才盡？尤其今年迎來三十五年的珊瑚婚，風雨陰晴，酸甜苦辣，輕舟又過萬重山，豈可不細說心境？

一〇六年春榮重返創作，剛開始難免生疏，搖搖晃晃。好在熟能生巧，愈來愈順手。耳順之年，較會聽浮世繪的眾聲喧嘩，成長歷練較為曲折豐富，漸漸往佛法上親近接觸。因此，筆走幽微，同年出版極短篇集《南山青松》，今年則結集散文集《春荷青鄉》，與以往《鴿子飛來》、《青鳥蓮花》少作，多了些從容悠閒，慢慢走出坐井觀天、自憐自哀的眼界，視野漸為開闊，期待能「六十而耳順，七十而從心所欲不逾矩」，確立「繁華落盡見真淳」、「晚年唯好佛，世事要關心」的進境，也是他今後應持續努力的方向。

再回文學現場，今非昔比，文學市場式微，大環境不變，諸多報紙副刊消失，有副刊者亦大都朝向編輯企劃與約稿，幸好《人間福報》版面豐富，善於出題徵文，對老手新手作者皆廣結善緣，溫馨鼓勵；外加散文是文類之母，副刊之外可以延伸至家庭版、動物版，行行重行行、停停又寫寫，不知不覺讓他完成這本散文集。

此書春榮原本取名《人間重晚晴》，某日倆人商討是否有其他更好書名，我靈光乍顯，取「春榮、荷郁、青松、阿鄉」，組合成「春荷青鄉」，似乎更有創意與特殊意涵。全書內容計分四集：第一集真情相湧，以親情愛情為主。第二集生活點滴，以佛學文學因緣、生活感懷為範圍。第三集人狗相親，聚焦狗寶貝的陪伴時光。第四集書海憶評，則有紀念緬懷師長之作，賞析有益身心之書與電影。大抵這本文集較以往更重視意象經營，如菩提樹、蓮花、陽光、竹子、風、石磨、甘蔗、綠草等，都有生動鮮明的意義：

菩提，菩提，普度眾生，提得起，放得下。「普度眾生」是化小愛為大愛，「提得起，放得下」，要能擦亮一顆心，不要執念更深。因此，要持戒才有新境界，要修定才有明澄清淨，要布施才能慾望慢慢流失，要開慧才能柔軟謙卑，龜步不墜，健步如飛。（〈菩提樹下〉）

和她在一起走下去，化當年藍色的憂鬱為水藍的寬敞，邁向晚霞滿天的瑰麗。

「天意憐幽草，人間重晚晴。」希望我化幽暗為「悠然」，離離原上草，欣欣以向榮，和她相知相守，看前方也看對方，共唱「我有平安如江河在我心」，攜手共看晨曦，也共看晚晴。（〈人間重晚晴〉）

晨曦窗口，牽握妻小手，既然牽手，就不要放手；既然牽手，就要長相廝守，牽手一輩子。（〈溪頭之旅〉）

英文中的anger和danger是「暗黑組合」，只有路愈走愈窄，走到懸崖。草就是草，寶就是寶。面子是草，裡子才是寶；氣話一陣風，貼心話才是一輩子；化「理直氣壯」為「理直氣和」，才是說話的藝術。（〈善似青松〉）

母親是我最初的老師，就業的貴人，我最愛的親人，也是我景仰的典範；出污泥而不染，何等柔軟寬和的心量，一生蓮子花香，化茹苦為清淨淡定，兀自映照天光雲影，綻放清香芬芳，芳香給自己，芳香給學生，芳香給子女。（〈蓮子花香〉）

原來「吃苦」是母親，甘之如飴；「很幸福」是我，一股腦接受母親全盤付出。「壓乾的甘蔗」是母親，壓得身心俱裂，榨出一地白白蔗渣；而「流出來的甜汁」，所有的好處，前撲後擁全流向我身上。（〈石磨與甘蔗〉）

英國名作家柯立芝（Samuel Taylor Coleridge, 1772-1834）認為散文是把文字放在最佳的次序（Prose is words in their best order.）可見散文非散漫之文。春榮多年鑽研中英修辭學與文學評論，在《現代散文廣角鏡》自序中便認為優質散文應有「四言」：言之有物、言之有序、言之有趣、言之有味。如何善用所學，不尚空言，在散文或極短篇創作上，展現獨特鮮活的語言藝術，一直是他念茲在茲，持志以恆追求的寫作境界，至於成效如何，有待讀者鑑賞指正。

英國浪漫派大詩人約翰．慈濟（John Keats, 1795-1821）曾說：「詩歌宏偉的目的，應如一個朋友般撫慰創傷，提升人的思想。」（The great end of poesy...should be a friend to soothe the cares and lift the thoughts of man.）用在散文亦然。行文興觀群怨，言志載道，療傷止痛，應有更高的期許。知名學者作家蕭蕭先生在〈散文的期許〉一文中，則呼籲散文家應省思：「什麼樣的腳步才是時代前端的腳步？什麼樣的胸懷才是文化開闊的胸懷？什麼樣的文學才能與時代同步，才能提昇心靈的境界？」由「思有邪」至「思無邪」這也是春榮與筆者認為散文創作應走的方向。大體而言，春榮不尚虛華，標新立異，嘩眾取寵；但書胸臆，明白如話，力求真的感知、美的感染、與善的感悟，期待行文能真摯雋永，平淡中有深意。

當代淨土高僧淨空法師曾慈悲開示寫文章要謹慎，不可誤導眾生：「曾經有人問我，假如這個人影響力很大，知見不正，誤導眾生，他墮到阿鼻地獄，幾時才能出來？經上講地獄罪受畢了，他就出來。什麼時候受畢？他在這個世間誤導的影響完全消失，他的罪就受畢了。假如他是寫文章的話，他這篇文章還在這個世間，他在地獄就出不來，為什麼？誤導眾生。……所以言語要謹慎，文字更要謹慎！」人格即風格，寫作不應偏好描繪殺生、偷盜、邪淫、妄語、耽酒，卻未自其中提煉出深刻反省與啟示，文辭雖美卻傷風敗德，誤導讀者。言之有理，才能言之有味；秉持創作良心，才能點亮蠟燭，寫作不只是後照鏡，更是探照燈，照出更寬廣更溫暖的世界。

春榮教學研究兩頭忙，近年來他倒察納雅言，每次我看報紙有各種徵文對他說：「可以寫這」、「該來一篇吧」，看完《與神同行》則說來篇影評吧，當然偶也抱怨為何我倆生命中的「重大情事」，在他作品中卻付之闕如？他常說：「不好寫呀」、「再試試」，最後竟然大都如期完稿，配合度高。有時不上手，不免動氣，直道：「壓力山大，寫不動啦，你也來寫寫看。」結果不知不覺竟催出不少作品。平日他在學校催學生交作業，回家換老婆大人催交稿，蠟燭兩頭燒。文章寫完又加入我的意見，不免東改西改，惹他抱怨：「你要求比我對學生還嚴呢！」我欣然一笑：「因為我姓顏，豈有不嚴之理？」

基本上，寫作他算好命，一直有助理幫他打字，我除支援部份題材，另外校對投稿，轉投再投的責任由我承擔，出版新書所有文章的統整編排、插圖校對亦由我一手包辦（看來我真是女性主義的叛徒，仍在以夫為貴呀！）一旦文章刊登或出版成冊，重新再看，回想其中的點點滴滴，心有戚戚焉。而文章刊登日，毛小孩最興奮，狗食加菜，外加牠最愛的小籃球一顆，來趟單車微旅行，全家樂開懷。

今生與春榮以文心相會，以靈燭相映，兩人相伴，有愛犬同行；在大安區一隅，一花一世界，一葉一菩提，「行至松林處，坐看雲起時」，輕鬆單純過日子，平淡滋味長。正如唐朝大詩人白居易所言：「新篇日日成，不是愛聲名，舊句時時改，無妨悅性情。」又如明代都穆感懷：「但寫真情並實境，任它埋沒與流傳。」不求名聞利養，盼能為生命留下簡單樸實的見證。

感謝一路以來諸多編輯的鼓勵擡愛，北教大與臺師大有緣師生與讀者的溫馨回響。尤其《人間福報》、《國文天地》與《中國語文》等更是春榮與我寫作助緣刊登的福報。而萬卷樓出版公司惠予出版，編輯部誠摯認真協助各項事宜，特此深表謝忱。

一一一年一月

《中國語文》第七七五期

《青鳥蓮花》（爾雅）

《中外名人智慧語》（爾雅）

自序

為霞尚滿天

散文是最親切的文類，從人心深處流出來，涓滴成河，流成一片汪洋。散文是我成長的沃土，大學、研究所以來，由散文兼及極短篇創作，左右開弓，後來都雙雙得獎。當然追求妻的文類，仍以真真切切的散文為主。而後坊間書局收錄、轉載，也都離不開散文與極短篇，讓我教學寫作上增光不少。

長溝流月去無聲，與散文結緣，由早期出版散文集《青鳥蓮花》（一九九二，爾雅），迄今仍有書局轉載，作國中閱讀試題。而後兜兜轉轉慢慢由創作轉入散文書評、賞析，出版《現代散文廣角鏡》（二〇〇一，爾雅）；進而針對創作手法，多所著墨，推出《文學創作的途徑》（二〇〇三，爾雅）。同時，研究所指導碩論，自二〇〇六年以來，其中一類，多以當代散文名家為主。及至極短篇集《南山青松

——張春榮極短篇》（二〇一七，爾雅），深覺散文這塊園地，也應由賞析、研究，重回創作行列，勿忘初衷，回首煙火人間，重燃文心，筆耕不輟。

就趨避理論而言，教職注重升等，聚焦科技部論文，講究問題意識、研究方法與評價標準；商量舊學，涵詠新知，借力使力，有中生有，聚沙成塔，必有一番成果，功不唐捐。反觀創作從人心深處流出來，才能流向人心深處；看似尋常最奇崛，沽心煮字要妙手，成如容易卻艱辛，能深刻表達終需嘔心瀝血。日月逝於上，學術著作羅列眼前；昔日創作暖流涓涓流向心頭。遠眺七樓天際暮靄沉沉仍透出一道道丹紅霞光，抗拒四周漸起的暗黑，心想抬學術轎子這麼多年，是不是該回首煙火人間，重拾舊筆，刮垢磨光，以筆為鋤，開墾一方沃土，迎接一隅綠意盎然？

不為無韻之文，何以遣有涯之生？與妻聊起心願，妻是最佳隊友，但見徵文，便熱心推薦：「這個你可以寫，你有類似經驗。」、「那個你可以試試，難不倒你。」，幾番下來，碰到「犬馬最難，畫鬼為易」（《韓非子》）、「意翻空而易奇，言徵實而難巧」（《文心雕龍》）的虛實問題。虛者實之，實者虛之，說來簡單，寫來不簡單；如何老生不常談，孤芳能眾賞，戛戛乎其難哉。現今生活，不出大安區，不是在金山南路，就是前往師大路、和平東路；散步不是錦安公園、大安森林公園，就是在中正紀念堂廣場；如何能駕起筋斗雲，納乾坤為須臾，寓萬物於筆端。妻則認為：「巷街議談，皆有可採；家居小事，亦有可觀。」、「世事洞明皆學問，人情練達即文章。」是啊！散文「雖小道，必有可觀焉。」多番提點，過濾渣滓，打破慣性；生活中的柴米油鹽，點點滴滴，看似微不足道，但此中有真意；平凡的日子，卻有不平凡的時光；一樣的動作，卻有不一樣的貼心；震撼出現在情節裡，但情趣滋味卻躲在細節裡。散文沒有大致，只有細緻；沒有衝動，只有生動；沒有驚滔駭浪的千堆雪，只有山光悅鳥性的綠蔭湖影。

打開塵封的記憶匣子，淡忘的場景重新再凝視，散落四處的吉光片羽，慢慢找到一條線加以貫穿，一個意象加以串連，時間先後的關係緩緩浮現，兜兜轉轉的因果終於銜接，而生命諸多反諷、象徵與悖論悄然攜手前來，令人感受更深。唯落實在實際的創作上，多年來仍堅持「首尾貫穿，意思清新」。散文的「散」是不拘格套，自由揮灑，令人一新耳目，同時，散文的「散」，也應該是「善」，真的美，真的善；能由認知個體，擴大為認知全體，由生活經驗，提升為知性感悟，折射出意義的追尋。尤其邁向「退休原來是向前」之際，認同「退休原來是進修」的清明，深識以往向外追求，識人不明，諸多虛妄，重回真摯單純的家人世界。

對於讀書寫書，佛光山星雲大師在〈開卷有益要慎重選擇〉曾慈悲開示：「開卷有益，這是古人鼓勵學子讀書的一句話，但是到了今日，不一定如此，可能開卷無益，甚至開卷有害。譬如色情書刊、八卦刊物、邪知邪見的書籍充塞了書店、書攤，所以這樣的書籍，讀者閱讀以後，心靈能不被牽引墮落就已經是幸事了，那裡能稱得上開卷有益呢？」近年來，風簷展書，拜讀部份當代出版作品，變易變異，隱隱然劍走偏鋒，刀劈見骨，不只「語不驚人死不休」，更要「此恨綿綿無絕期」。攤在陽光底下，也躲在鍵盤後面，比怪的，比慘的，比醜的；暗黑醜事大肆外揚，離經叛道也可以搖起自由大纛，一步一步走入沒有光的所在，才是夠嗆夠辣夠味。「為長者諱，為親者諱」似乎已成歷史，溫柔敦厚反倒成鄙夷的另類；似乎只有對立，才能自立；只有差異，才有意義。問題是，散文像一面鏡子，只反映表相的事實，部分的真實；而散文也像探照燈，除了看見作者要你看的，也可以朗然照見事實真相。「認知主體」的獨白，未必是「認知整體」的告白；文本縫隙，正是牆縫透出的光，給予讀者想像的契機，以意逆志的再凝視，進而一窺冰山海域下「真話不全說」的複雜幽微。

由此觀之，散文書寫由感知、感染，再至感悟；矯枉不必過正，孤芳不必自賞，入乎其內，亦當出乎其外。主觀傾訴，筆走龍蛇，只能解釋問題；客觀透視，正反對話，才能詮釋究竟，解決問題。沒有規矩，不成方圓；健康第一，家人第一；人倫大倫自有可親可貴之處，正知正見仍是彌足珍貴的人性光輝。禮失求諸野，鄉間積德典範，足以採風景仰；身殘心不殘鬥士，曖曖含光，足以取法致敬；清水出芙蓉，腳邊的玫瑰，均為動人的風景。訝然發現多年來的空白，素顏照面，重學術輕創作，自己欠家人太多的書寫，均在往日的彼端幽幽召喚。撫今追昔，莫道桑榆晚，為霞尚滿天，筆耕不能忘；揮別《鴿子飛來》、《青鳥蓮花》時的「有話要說」，深入體會「要說有意義的話」。尤其佛法就是活法，能打開另一扇天窗，拓展生命的向度，照見以往愚昧，照出上揚的契機。

書名《春荷青鄉》，是一幅天然淡雅的畫面，盎然自在的意象，亦為我對生命的期許。而四個字中，標誌著我生命中不可或缺的親人、貴人。全書共分四輯。第一輯真情相湧，情之一字，所以維繫乾坤，「家人」最珍貴也最傾心。母親與妻是我的最愛，也是最愛我的兩個女人，堪稱生命的定海神針，今生成長與成熟的軌迹，到處都有她們的身影。第二輯生活點滴，即「三生」（生存、生活、生命）中的浮光掠影，在景、情、事、理的交織裡，乍顯感性、知性、悟性之光，種種緣分，有情分，有名分，有福分，走過路過都是親切滋味。第三輯人狗相親，狗寶貝是毛小孩，由小皮、小波、小毛、嘟嘟、小寶，再至現在當家主角青松，見證快樂可以很簡單，信賴可以很單純，也難怪法國總統戴高樂說：「對人愈瞭解，我愈喜歡狗。」感謝狗寶貝陪我們度過單純快樂的時光。第四輯書海憶評。王更生教授與陳滿銘教授是我生命中最重要的師長，特撰短文以表緬懷。小說與影劇是家中精神饗宴，與妻即合著《電影智慧語》（二〇〇五，爾雅）；至於積學儲寶，觀摩相善，見賢思齊，一直是我和妻多年努力的方向。佳片與好書誠不可埋沒，宜細加品味，彰顯宣揚。最後文末附妻作品數篇，見證她除了「動口」催我寫，自己偶也會「動動手」，和我同時投稿《人間福報》副刊雙月徵文，每見她作品刊登，我可比她還興奮呢！另收錄我指導學生秀娟、秀虹、文霜、期星四位老師與蘇輗編輯的作品，讓此書更熱鬧、更可觀。

欣見散文結集，此書得以完成，首當感謝吾妻藹珠（荷郁）的鼓勵與協助，建言與修正。珊瑚婚以來，妻一直是我寫作的股肱推手，基本上，我較不拘小節，常站在一己視角。如今在妻的助緣鼓勵下，按摩思維，由粗而細，得以沽心煮字，與妻共擷創作甜美的果實，喜看江郎可以不才盡，微霞亦可散成綺。深感散文創作，與其光怪陸離，不如允厥執中；與其博取同情，不如宏視正反視角。與其舞文弄墨，不如直心是道場。文心是鍊意鍊人，終能卒章顯志，捕捉今昔光影陰晴。質實而言，妻一路情義相挺，有些題材多由她提供點子，加油加醋，再由我掌廚炒成菜。沒有妻多方敲邊鼓，本書的內容將大為遜色。至於支援打字、投稿、統整出版、校對插圖等費神費時作業，亦由她盡心盡力，親手打理。親見她三番兩次挑燈夜戰，上窮碧落下黃泉找出舊照片、與文章相關的圖片，點點滴滴都為了豐富書籍內容；成全之功，扶持之舉，無出其右，迄今銘感五內。

其次，《人間福報》、《國文天地》、《中國語文》、《中華日報》、《自由時報》、《聯合報》、《文訊》的助緣登刊，感念在心。尤其《人間福報》的徵文及披露益世之文，惠我良多。而北教大語創系助理陳姿羽、陳欣、張皓筑的打字協助，萬卷樓出版社慨允出版，總經理梁錦興先生、總編輯張晏瑞先生、主編陳若棻小姐、編輯蘇輗小姐、呂玉姍小姐鼎力協助，特此致謝。

一一一年二月

《國文天地》第三十七卷九期

《電影智慧語》（爾雅）

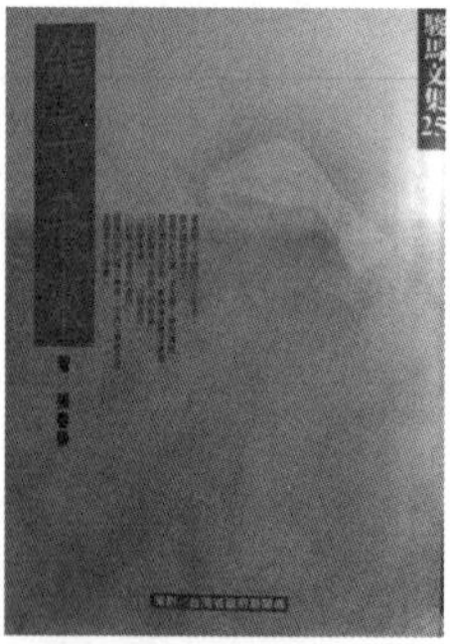
《鴿子飛來》（駿馬）

《含羞草的歲月》（師大書苑）

汪汪一叫很傾城

青松

生我者父母，知我者「狗爸」、「狗媽」也。取名「青松」，頗有青松寒不落的深意，青青松榮，自在輕鬆，何需桃李？

狗爸見證我的成長，從小不點、巴掌大，到三倍大，可以爬到狗爸頭上，「太歲爺頭上動土」；我也目睹狗爸的寫作，清晨狗爸伏案疾書，我待在旁相伴。狗爸偶爾停下來轉臉向我，摸摸我頭：「小松，謝謝你陪。」我迅即跳上椅背空隙，和狗爸玩擠擠樂的遊戲。套句狗爸的話，「不為無聊之事，何以遣有涯之生」。有時，牙齒閒得慌，把書架上的書叼出來，愛咬一番。

我最喜歡狗爸、狗媽「一家三口」出去微旅行。沒有哪隻狗不喜歡出去，每天生活的驚嘆號，一來放風，二來散心，三來運動。尤其在公園樹蔭下，綠綠草地上，「玩球」「追球」是我最愛。一百元的小型籃球在我的「愛咬」下，可以咬起來左甩右甩，路過行人遊客，連日本人、韓國人都堆滿笑容，比起大拇指，直誇我「可愛」，我真的可以當外交小尖兵。

狗爸、狗媽給我取名「青松」，就是希望要「輕鬆」，日子不要過得太沉重。再怎麼沉重的事，也要四兩撥千金，輕鬆以對。我也覺得狗爸狗媽也要「青松梅樹」，凡事輕輕鬆鬆，不要太緊繃；大事化小，小事化了，到頭來都沒事。尤其狗爸愛寫東西，看他「不苟言笑」，彷彿壓力山大。還好自我來後，他得失心沒那麼重，文章有登就好，沒登也沒關係，反正留下當紀念，紀念一家人「說簡單不簡單」的快樂時光。不過，他每天一早帶我去信箱拿《人間福報》，一旦刊登，狗爸的臉上彷彿閃過一絲絲喜悅光輝。看在眼裡，我知道「好康」的來了，又可加菜吃大餐、大安森林公園逍遙遊啦！

最近狗爸要出新散文集《春荷青鄉》，我與狗媽同賀。書中第三輯「人狗相親」最精采，圖文並茂，我百看不厭。可惜狗媽不玩FB，不然我應也會有很多粉絲，變成文壇名犬，真是爽翻天。希望狗爸不要久坐傷身，健康第一，多帶我出去玩。看看鴿子、赤腹松鼠、白鷺鷥。呼籲狗爸，與書為友，天長地久；以寫作為友，要細水長流；慢工出細活，寫得快，也要寫得愉快。重要的是讓讀者看了，臉上露出「十點十分」的表情，有意義，還有意思，開卷有益，掩卷有味。

一一二年二月二十四日

《人間福報》副刊

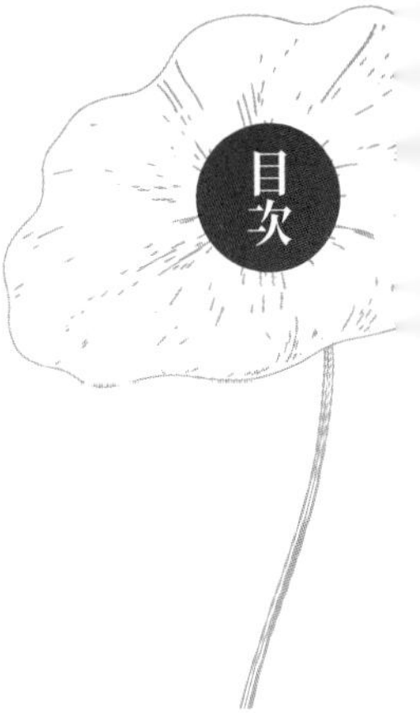

目次

第二輯 生活點滴

第三輯　人狗相親

第四輯　學海憶評

附錄　顏荷郁作品集

學生作品集

張春榮寫作大事記

第一輯

真情相湧

菩提，菩提，普度眾生，提得起，放得下。
化小愛為大愛，要持戒才有新境界，要修定才有明澄清淨，要布施才能慾望慢慢流失，要開慧才能柔軟謙卑，龜步不墜，健步如飛。

石磨與甘蔗

1.

童年是什麼？石磨、母親，和我的眼睛。

眼睛裡永不磨滅的畫面，是三節（過年、端午、中秋）時母親在老宅三合院的廚房灶前做發粿、碗粿。午後陽光漸漸西移，黃昏悄悄過來，蚊子在暗處嗡飛，檯燈下母親像裝滿「勁量」電池，從早忙到晚，臉頰閃閃發亮。

母親蹲坐石磨前，徐徐將米放入石孔中，手握木柄，緩緩轉動，慢慢磨將起來。漸漸白白汁液隨沿縫隙滲出，沿順溝槽緩緩匯集，無聲滴出，滴出乳白；最後流向前端出口，滴入垂懸白布袋的鋁桶中，不絕如縷。母親額上沁出汗珠，閃著昏黃。

「幹嘛這麼辛苦？買現成的就好。」

「那不同啦！現做垷炊，比較香！」母親笑笑：「順便賺個沒閒，反正，磨就是，做人就要拖，做牛就要磨；有拖就有磨，拖拖磨磨，才會快活。」

等掀起蒸籠，熱騰熟透碗粿端上桌，軟Q嫩滑，便是我味蕾唱歌的時光，風捲殘雲，耳朵響起母親獨家「諺語」：「大家做伙吃碗粿，目睭才會黏作伙。」這也是母親充滿活力的時光，而這個諺語一直迴響至今。

母親和父親在一起，奉父母之命；一個唸家政，一個讀高工；第一次祖父提親時，八字不合，眼看無緣，兩不相涉。不知怎的，祖父再次提親，居然「合」了。我問母親：「為什麼？」「我不知道，反正那時，在家從父，父母要我嫁，我就嫁，沒什麼好說的。」而這個「合」的理由，也隨祖父去逝成謎。

自母親嫁過來，首先遇到的磨難，是媳婦難為。儘管花漾年華，仍要早上切一大桶番薯葉與番薯，餵完豬，然後趕至國小任教。母親慢條斯理的動作，只贏得阿嬤機關鎗式的碎碎念和百般悉落的冷言冷語；再則母親拿手的發粿、碗粿並沒有辦法把父親目睭黏在一起。父親在我國小一年級便神隱缺席，出席在異地另一個新家；三則母親生下大姊，分身乏術，只好將大姊託婆婆照顧。婆婆「隨意」帶，大姊感冒發燒，婆婆不以為意，結果一整天下來燒壞腦子，重度智障。

自我懂事以來，母親身上這三個磨難，前後相繼，猶如三個石磨疊加一起，磨壓母親嬌小的身軀，緩緩轉動，沉沉輾來，可說裂骨壓肉，欲哭無淚，日日月月年年，化悲怨為苦磚，砌成一面心中暗黑哭牆；針刺鮮血一滴滴無聲濡出流出，一更，二更，三更；分分秒秒，從清晨睜眼，至深夜闔眼；流成夜未央的藍色之歌，彷彿壓抑的呻吟，哭給自己聽，哭給嘆息聽。

而三個磨難，更像三個不懷好意的「魔」，四十年來一直挾持母親，鞭打少婦心，成為慈母心，再煎熬成豆腐心，一心在子女身上。

2.

什麼是給媽媽最好的禮物？好好聽媽媽的話。

小學五年級前，我一下課，便至武安宮前廣場看歌仔戲《薛平貴和王寶釧》、《秦香蓮和陳世美》，在野臺空地玩紙牌，打玻璃珠。一旦糖廠小火車的汽笛聲高亢響起，便拔腿狂奔，衝至學校側門鐵軌旁，等待震動中沒有綑緊的白甘蔗掉落，只要能撿到一根來啃，小臉蛋便樂得笑出一朵花；撿到兩根，整個下午便是歡樂頌。

回至家中，母親在灶前暗黑角隅起火煮飯，閃動吞吐的火光中，唱著不知名的日本歌，憂憂傷傷的旋律裡，乘著歌聲的翅膀，飛向冰天雪地，冰天雪地中有夕鶴踽踽涼涼身影。母親眼角依稀有一滴淚光。看在眼裡，不忍在心裡。小學五、六年級，我決定收拾玩心，拿起課本，好好對付人生的第一場考試「初中聯招」。從初中、高中、公費大學，不讓母親憂鬱的臉更憂鬱，而能擠出一絲絲笑容，回答別人的恭喜：「一個憨憨的，只會讀書。」

大學畢業，因緣湊巧，分發至離家九公里的新豐高中任教。母親反對我騎機車，怕飆速易出事，堅持騎腳踏車上課。母命難違，也不忍心違，我乖乖騎經產業道路、養鴨場、一壠壠稻田，木麻黃夾道的柏油路到校，每趟花三十分鐘，美其名曰「鍛鍊身體」。

那日，夜幕低垂，母子在三合院前藤椅上閒聊，蚊子嗡嗡在旁幫腔。

轉臉問母親：「那時為什麼不離婚？」

「那時不流行。」母親四兩撥千斤。

「王寶釧苦守寒窯十八年的時代已經過去，不離不棄，被當成『北七』。」母親深深呼口氣：「若離婚，你爸爸要你，把你姊姊留給我，我還有什麼指望？」

聽出母親酸澀苦腔中的「激問」，內心頓時糾結，眼角不覺泛潮。媽用心良苦啊！

母親以家「形式完整」，給我最溫暖最強大的精神靠山，成為今生安定力量的豐沛泉源。母親從不在我面前數落阿嬤、父親的不是，嘈嘈切切灌輸負面情緒；以靜定安和的眼神陪在我身邊，和我日後任教北部接觸過的有些「陰冷」、「淒厲」、「瘋狂邊緣」的單親媽媽，大不相同。

北上讀大學時，母親隨同事參加宗教團體。師父開示：「你前世是賣豬肉，妳女兒是伙計，你先生是豬，被你殺去賣。所以今生，顛倒過來，你和你女兒要還。因果循環，免怨嘆，甘願受，還清就好。」說得母親靜靜低頭，默默頷首。

暑假南返，母親將這番前世今生「因緣」說給我聽。我半信半疑，直覺這種「說法」，像極心理學中自衛機轉的「合理化」作用。隨口問：「那我呢？」

「哪知？師父又沒說。」

沒說？兒女原是債，欠債、還債，無債不償。姊和我，應各有各的「還債」任務。如果說，生命是用來完成使命；姊是讓母親掉淚，我的使命是不要再讓母親擔心操心。

3.

意義是什麼？意義是磨出來，壓出來的。

成功嶺大專兵受訓結束，回至老家大灶前，母親最喜歡談日治時期烽火四起，民生維艱。和外祖父用餐，一塊醃製鹹魚用繩子綁在樑下，吃番薯籤飯，每人只能舔一口，鹹魚在空中晃來晃去。說得好有畫面。「是真還是假的？太節儉了！」我難以置信。母親兜兜轉轉，說出迄今耳熟能詳的「家訓」：

會吃苦，吃苦一陣子，

不會吃苦，吃苦一輩子。

這麼多年下來，在親友、同事、鄰居眼中，三個石磨並沒有把母親磨垮，而是磨亮，痛點變成亮點。母親「太會吃苦」，老輩莫不豎起大拇指。有的則憂心忡忡，隱隱約約點出「會不會吃太苦？」、「會不會過了頭？」讓我兀自深思，扼腕不已。尤其母親吃苦一陣子，也吃苦一輩子。還沒等到自己成家立業，便往生捨報了。曾問母親：「是不是該享受一下？對自己好一點？」母親淡定道：「吃苦很幸福，我吃過的苦，你不必再吃。我這世人被你阿嬤碎碎唸，唸太多了，耳朵都被塞飽了。以後等你娶某，我做人的婆婆，我不會再碎碎唸顧人怨；媳婦熬成婆，不要再虐待媳婦。」講了老半天，母親的心千轉百轉，仍繞在兒子身上，愛屋及烏，化呻吟為長短歌；歌聲中，我點滴在心，母親不是萬能，但此生沒有母親，萬萬不能安定成長。

辦完母親喪事，自鎮郊寺院靈塔前回至老宅。老宅更顯蒼老，寂寂流光中，又看見夜晚母親瘦小身影，獨自揹著小四的我，行經鎮上老街。彎彎曲曲，左轉右拐，直向遠遠外祖母務農的庭院。昏昏瞌睡間，母親說了一句：「越來越重了。」一直在心裡幽幽浮升；自己是母親永遠「甜蜜負擔」，而母親今生的「甜蜜」是什麼？

獨自面對廚房冷冷大灶，冷冷石磨，緬懷母親相片中泛白的髮絲，不禁想起母親少女時代，徒步至九公里外的佳里教國小。早上六時從新化出發，行行重行行，曲曲又折折，穿過一大片又一大片的甘蔗田，一根根高與人齊的青皮、黑皮甘蔗，如標兵站立，一行行一列列陪伴母親迎來晨曦，迎向美好青春。那時母親教低年級唱遊，教室內彈著風琴，面對黑白分明的小眼睛，該是母親婚前最快樂的時光。而婚後，對母親而言，生命的「意義」是什麼？我曾問母親。母親笑笑道：「我不知，我只知道，你外祖母飼我，我飼你，歡喜甘願。」沒有什麼大道理，卻說得我啞口無言。

回首母親一生，小時曾對母親的名字「阿鄉」，提出質疑：「女生很少用這個『鄉』！」母親無奈嘆氣：「本來是香噴噴的『香』，你外祖母不識字，就跟戶政事務所的人說叫『阿香』，對方沒再問，就變成土土土的『鄉』，原來這輩子命是香噴噴的『香』，結果一個記錯了，這輩子便『香』不起來。」這一番陰錯陽差，說得好無奈，說得我暗暗心驚。

追憶母親今生的笑容：聽到兒子考上博班，破了國小教師的紀錄；看兒子終於和她也喜歡的「媳婦」穩定交往，不會做「羅漢腳」；那晚在燈下拿出幾張多年定存單：「這些，以後給你在北部結婚買厝。」母親笑得星光燦爛。如今咀嚼母親一再掛在嘴邊的「吃苦很幸福」，我恍然大悟這句要拆開看，不禁悲欣交集。原來「吃苦」是母親，甘之如飴；「很幸福」是我，一股腦接受母親全盤付出。「壓乾的甘蔗」是母親，壓得身心俱裂，榨出一地白白蔗渣；而「流出來的甜汁」，所有的好處，前撲後擁全流向我身上；想起母親是世上最愛我的第一個女人，鼻頭酸楚，不禁在廚房嗚嗚哭出聲。

一〇八年十一月十三日
《自由時報》副刊

蓮子花香

國小一年級放學，等學校整個靜下來，我常待在辦公室右側蓮花池畔等母親。母親任職國小，並兼會計，當天要把帳冊處理好。夕陽餘暉斜斜穿過樹梢，在水面灑下一道道金粉，涼風徐徐吹來，水紋微微漣漪輕晃，細細擴散；蓮葉間小魚倏忽嬉戲穿梭，瞬間不見又突然出現。天色漸漸暗下來，池中一朵蓮花嫣然盛開，迎接最後的霞光；我靜靜凝視，同時轉臉望向辦公室右側長廊。當母親熟悉身影出現，母子牽手，踏上回三合院的歸路。

自國小一年級起，父親離異，與母親、姊住進窄巷中的三合院老宅。有回無意中翻見母親結婚時捧花的盛妝照，不免嘖嘖稱奇：「哇！比現在都氣派。」母親若有所思，淡淡道：「那時以為嫁得很好。誰知嫁過來，一大早要飼豬、切番薯簽，轉陀螺，再趕七點到學校當導護。」眼神一閃，移向院子，微微輕嘆：「我這個媳婦，被你阿嬤一天到晚唸到飽，不想再唸人。」是啊！自有記憶以來母親就不是愛碎碎唸，氣急敗壞那一種，凡事都輕輕的說，笑笑的說。觀摩教學，在戊班聆聽同齡小朋友朗讀國語課文：「江南可採蓮，蓮葉荷田田。魚戲蓮葉東，魚戲蓮葉西，魚戲蓮葉南，魚戲蓮葉北。」全班小朋友像開快車，連珠炮似的，一下子衝到終點。母親在講臺前，氣定神閒道：「讀課文不是比快的，要一個字一個字慢慢讀，要高低起伏，從容不迫，不是機關槍掃射。」小朋友掩嘴笑了起來，隨後母親示範朗讀一遍，在間距相隔的抑揚頓挫中，每句最後一個字稍稍拉長，整個蓮花池溶溶漾漾的畫面浮現眼前，魚兒倏忽水中游，何等逍遙自在。而母親甜甜軟軟的嗓音，迴盪在廳堂的上方，也迴盪在我耳裡心底深處。母親是我最初的老師，小時愛掉眼淚，常提醒：「男生不要哭，要堅強一點。」國小四年級，「減法」算術常常卡關，段考考下來，越「減」越沒信心。母親看看成績，沒有「開罵」，只說：「多練習，就好了。」假日上市場買菜，母親常出三十道題讓我演練，等她買菜回來驗收成果。果然「一回生，二回熟」，做多了也就上手，勇闖「減法」障礙，日後成績漸漸有起色，直奔初中聯招第一志願。

初中開始搭車通勤，六點半搭新化客運至臺南。半學期下來，星期一早上，是最寂寥的時光。鄰座同學往往聚在一起，獻寶似嚷道：「我爸載我去旗津，海邊釣魚。」「我和老爸一起搭雲霄飛車，他叫得比我還大聲，笑死我啦！」「我和老爸去柑橘園，邊吃邊採，超甜的。用大塑膠袋裝，採多少裝多少！太划算！」樂呵呵聲浪直衝耳膜，我如孤島靜立邊陲，不發一語。學期下課，前座的應同學家住眷區，轉過臉來，低聲問：「我怎麼常聽你談媽媽，沒有聽你談爸爸。」我想，誠實是最好的策略，斂容道：「我爸沒和我們住一起。」至於爸沒和我們住在一起，中間發生什麼事故，母親不願多講。一旦觸及這個話題，母親一貫的回答：「那是大人的事。小孩子，有耳無嘴。」戴上眼鏡，改起小朋友的作業簿；一筆一畫，有條不紊。而我耳朵從外祖母、阿姨、大姑那邊拼湊聽到的是：「當時相親，嫁給『好野人』，千萬沒想到。」、「你爸包攬工程，蓋路橋，橋塌壓死工人，吃上官司，賠了不少錢，通往虎頭埤兩邊的農田都賣掉。」、「你爸爸應酬，上酒家，那個女的在那時認識，最後就住在一起。」

　　夏日午後，蟬鳴高漲，金陽在樹葉間灑下一大把金幣。國文老師在臺上講解周敦頤〈愛蓮說〉，說蓮花像君子。跟隨老師湖南口音：「……出淤泥而不染，濯清漣而不妖，中通外直，不蔓不枝，香遠益清，亭亭淨植，……」我的目光不覺飄向玻璃窗戶，戶外中庭的蓮花池。蓮花白中嫣紅，複瓣沾著金光亭亭靜立水面。遠觀一瞥，意動神馳之際，母親熟悉的身影悠悠浮現。母親婚姻變調，加上姊姊在祖母輕忽照顧發燒變成重度智障，在有些鄰居、家長的眼裡，出現兩種負評：第一，「落漆！天黑一邊啊！」第二，「可憐喔，這下子苦未了。」但母親完全沒有演出「一哭，二鬧，三上吊」戲碼，仍素樸淡定，勤儉持家，既然「相夫」已遠，把重心放在「教子」上。看在眼裡，身為長男，再怎麼頑皮，不能再雪上加霜，應力爭上游，不要再讓母親擔心。高中聯招，考上臺南一中。放榜時，母親的臉上添了一抹喜色。

南一中科學館前的蓮花池，是我下課休閒時光流連忘返的一方天地，圓池寒碧清澈，盡納天光雲影，虛實相攝；俯瞰小小魚兒在綻放蓮花下田田蓮葉間倏忽往來，悠遊自在；偶爾日光下澈，魚影散佈蓮花蓮葉相鄰的空隙間，依稀可辨。看著看著，沒有什麼「西風愁起綠波間」，倒覺得自己就是一尾小魚，母親是亭亭淨植的蓮花，我在花下葉間安然成長，即使三合院古宅斑駁，蓄積暗淡陰影；即使有些鄰居、家長竊竊私語：「嫁得好，人生是彩色；嫁不好，人生是黑白。」母親置若罔聞，兀自撐起半天邊，讓我無憂無慮，安心讀書，寬心成長，給我源源不絕的溫暖。高一下學期，母親教過的學生，現在新化國小任教的傅老師，贈我一本東華書局《牛津高級英英英漢雙解辭典》，如獲至寶；掀開扉頁，傅老師簽道：

> 每人有其不同的環境，每人也有自己的康莊大道。
> 共勉之。

凝視再三，不免心中一陣激昂。造化弄人，環境或許逼人欲淚，但好種子不怕土硬，好漢不怕運來磨。當然天下沒有白吃的午餐，通到「自己的康莊大道」是用一塊塊「苦磚」鋪成的。我卯足全力衝刺，三年後，不辜負母親、傅老師的期望，飛向大學聯招窄門，考上北部公費學校。而母親教過的學生，優秀者不在其數，有的日後讀到博士。而回來新化國小任教的，包括傅老師，共有三位，一再讚揚母親教書認真，是國小老師的榜樣。談到母親，歷屆國小校長、主任都豎起大拇指。尤其葉老師常騎踏車來，和母親相談甚歡，母親對她讚賞有加：「誰娶她，前世燒好香，到時若結婚，絕對包大大的紅包恭喜。」

大學四年，母親家書是遠方的精神食糧，有三封信一直銘刻內心。第一封是大一剛上來，母親道：「新化高中在新化國小旁，上學看到戴圓盤帽穿卡其褲的高中生，常常想到你。畢竟這是你第一次北上出遠門。幸好還有你大姊，一個憨憨，可以作伴。」宿舍燈下捧讀，眼眶微溼泛潮，坐在椅上，思緒紛飛，金聖嘆的名句閃入心田：

蓮子心中苦，梨兒腹內酸。

母親一直認為我「傻傻笨笨，大人大種，不會照顧自己。」所言甚是，我確實一直以來都母親照顧。母子相依為命，「蓮子」是「憐子」，疼惜啊！而第一次「分離」，母親自然愛屋及烏，放不下的，全在心上。

第二封是大二，母親言及國小教書滿三十年的歡喜。三十年就一個世代，相當不容易。尤其新化菜市場很多攤販，包括他們子女，很多都被母親教過，都要叫母親「老師嬤！」寒假返鄉，母親買菜回來，常說：「我買到都不好意思，算我特別便宜。」我則接腔：「師生之情，鄉下的人情味很厚。」學期末給學生的評語，母親一定鼓勵嘉勉居多。萬一小朋友犯錯，也都先講優點，再提建議：「如果再努力，就更好了。」

第三封是大三，新化鎮公所兵役科，役男抽兵種，母親來信報佳音：「你不方便回來，家長代抽。我抽到國民兵三個月，全場鼓掌。」換言之，扣除上成功嶺受訓兩個月，再加上大一「軍訓課」，我變成以步槍二兵「退伍」。而母親這神來一抽，也決定我畢業的去處。大四下學期，新豐高中教務主任至畢輔會「覓才」，條件有三：一、男生；二、成績優秀；三、當過兵。我條件吻合，雀屏中選；畢業後返鄉，至離新化九公里的「新豐」任教。

新豐高中三年，我終於可以把薪水交母親保管，母親的同事羨慕不已，因他們有些小孩即使有工作，也老是「伸手牌」，讓他們搖頭嘆氣。而三年的開展，同時也是生命形態的轉捩點。首先，被學校派去參加「教師組康輔營」訓練。慢慢接受教書除了「傳道、授業」外，還要「給人歡喜，給人希望」，點燃自身活力，激發學習的興趣。遠東工專四天三夜「康輔營」活動歸來，不免技癢，在母親面前表演「單口相聲」：「吔！打竹板，響叮噹。好漢做事好漢當，叮叮做事叮叮噹。」母親聽著聽著，嘴角漸漸往上彎。「人類因夢想而偉大，因亂想而腫大。」母親噗哧笑出聲。「希哩哩哩，花啦啦啦，高山流水到人家，化悲憤為力量可以成為偉人，化悲憤為食量可以成胖子。咦？胖子不是吃多，而是吃錯啦！」母親突然不可遏抑放聲大笑，像一朵花前後俯仰亂顫，笑聲的碎片中映現母親抹眼角拍撫胸口樂呵呵身影：「不像猴，平常看你傻乎乎，還會耍寶，看不出。」眼見母親第一次開懷大笑，雖非「老萊子」，也能「愉親」，也算「逗母親笑」的「現代孝子」。然而笑聲後，母親提出她的隱憂。久居鄉下，很難找對象。「靠相親」一定不行。女方一打聽我們家環境，一定退避三舍。最好的策略是再充電，再唸研究所，自己找，才是活路。母親「明鑑」，再加上教書以來，「書到用時方恨少」，大學所學，都「大概學一學」，一盤散沙的知識無法凝聚成小小金字塔。我再接再厲，挑戰碩班；三年後層樓更上，北上進修。而這中間，母親也和同事至臺南師範學院幼教系補修教育學分。

碩班生涯又是另一番光景。碩二認識心儀女子，以結婚為前題交往。寒假偕她返鄉，和母親見面。「傻傻笨笨」的兒子平生第一次帶女朋友來老宅，母親認為「天大喜事」，茲事體大，不得馬虎。「我有嘉賓」雖然沒有「鼓瑟吹笙」，也要誠意十足。閒置的客房即使「斑駁其外」，也要「裝潢其內」，分明把客房當洞房來裝潢。母親和女友，現在的妻，既「相見歡」又「投緣」；從此上菜市場，母親不再唱獨角戲，而是多一個「小姐」陪伴，在在吸引市場攤販的目光。過完年，我開始撰碩論，母親持續作育小小英才，母子登山，各自努力。一年後，碩三畢業，母親特地北上，參加畢業典禮。師大校園孔子銅像留影，銅像下大理石上鐫刻的「聖之時者」、「作育英才」閃照我心。繼而，勇闖博班，母親不覺笑逐顏開。因為國小老師小孩，只有她小孩學歷最高，「走路有風」啦！而母親也攀登杏壇最高峰，獲「服務四十年」資深優良教師獎。

頒獎地點在臺北國軍英雄館。母親和同時受獎的新化國小梁老師搭夜車北上，直接至頒獎現場。早上十點，陽光正好，母親隆重盛裝打扮，銀灰套裝，挽著新的包包，自是精神奕奕，嘴角噙著笑意。四十年樹人，大大小小樹的傷口結晶，分泌油脂，結成淡淡清遠的沉香，戛戛乎其難哉。國軍英雄館，母親微微側身獨照，淺淺笑紋，依舊是「靜」與「淨」的容顏，蓮花池中一枝出水的白焰，一端照亮自己，一端照亮莘莘學子，一端照亮我高枕無憂的成長。四十年的堅持，香遠益清，名列「杏壇芬芳錄」，由行政院長頒獎，標幟著教育的高度；我日後畢業任教，也難望其項背。而母親亭亭淨植的身影，多年來獲得同事、家長的尊敬與肯定。尤其有些鄰居、遠親，雖夫妻沒有問題，但小孩頻頻出狀況，一個頭兩個大，見到母親，不免感嘆：「小孩教得好，人生是彩色的；教不好，人生是黑白的。」母親每每笑答：「不要這樣，天生我才必有用。」

英雄館內，群賢畢至，喜氣洋洋，老師們最重要的一天。遠遠凝視母親佩戴獎章慈祥和藹的笑靨，我由衷用力拍掌，久久不絕；也狂按相機，捕捉光輝的「歷史畫面」。婚姻給母親坎坷，母親給民族的幼苗芬芳，更給我滿滿的芬芳，讓我遠離悲哀、不幸的氛圍，帶給我最柔軟最安定的力量。如果母親選擇離婚，父親硬生生要我，那將是何等天崩地裂，我還是現在的我嗎？如果再婚，我和繼父相處，也保證相安無事，一帆風順？而母親砍斷這些可能，兀自白淨芬芳，成就老宅裡一則「現代傳奇」，曖曖含光。

緊接著，論及婚嫁，安頓新房，母親鼎力支援。趁著領獎，母親上來台北小住三天，順便偕她至中正紀念堂雲漢池邊、植物園荷花池，再繞至歷史博物館看畫展。隔著三樓落地窗玻璃，俯瞰滿地田田綠葉，點點水光映睫，而一株株高高低低的紅豔高舉，輕輕迎風，款款搖曳。母親驚「紅」一瞥，直呼：「真美，這個角度太棒了。」而側看母親專注的神情，溶溶柔和晴光中，我心想，等一下邀母親至新房附近的餐廳大飽口福，再添點幸福。

無奈隔年母親便因舊疾復發而過逝，蓮花燈前擺置她年輕時的相片。在佛顯寺告別式，恭頌《妙法蓮華經》，莊嚴梵唱中，祈願母親承佛接引，坐上蓮台冉冉上升，前往西方極樂世界。與妻審識相片，總覺得好像缺了什麼，不夠到位。妻提議母親四十年的作育小小英才，望塵莫及。我豁然擊掌稱是，換上國軍英雄館前映著天然晴光，溫馨含笑的半身照。佇立神案桌前，仰望金邊相框裡母親熟悉柔和的容顏，真是間潭雲影幾度秋，新化國小長廊外的蓮花池、初中教室外白中嫣紅的複瓣蓮花、高中科學館前的一株白蓮，悠悠迎接金陽，迎風搖曳，前後輝映。母親是我最初的老師，就業的貴人，我最敬愛的親人，也是我景仰的典範；出污泥而不染，何等柔軟寬和的心量，一生蓮子花香，化茹苦為清淨淡定，兀自映照天光雲影，綻放清香芬芳，芳香給自己，芳香給學生，芳香給子女；而母親教過的學生，蔡主任在職進修，至我任教的大學攻讀博士學位；山水有相逢，倍覺親切欣喜，日後我擔任口考委員，真的因緣殊勝。蔡主任談起母親，一再讚揚：「像你母親，沈老師，真的是奇葩，令人景仰。」事後，望風懷想，與妻合議，以母親名義捐贈清寒獎學金，持續嘉惠莘莘學子，遺愛人間。而母親靜定的身影，清波寒碧的亭亭高舉，默默召喚逆增上緣的真諦，花開蓮成，蓬生蓮子，淡淡清香迴盪在空中，也迴盪在我心深處。

一〇九年七月十四至十五日
《人間福報》副刊

人間重晚晴

單親成長的小孩，單身往返台北台南，一直有失重的恍惚，猶如蟄居幽暗的洞穴，渴望洞口的陽光。碩二答應當臺師大「寫作協會」小組長，下午走向校門口集合，仍愁雲壓罩心頭。何處是歸程，長亭更短亭。

初見她，大四，小說組組長，秀髮披肩，投緣的鵝蛋臉，一襲藍衣白牛仔褲勁裝，清脆笑聲分明是銀簪落地，很難不引人多看幾眼。搭上塞飽飽遊覽車，小組長全都讓座。她站立走道中央，我佇立後端，一路上瀏覽窗外流動風景，偶而不經意瞄向她側影，竟有一種「陌生熟悉」的親切感。

復興鄉樹木林立，一蓬蓬山櫻紅在眼裡，亮在心裡，正是「紅紅青春敲啊敲」。由於兩人都是小組長，常有機會討論或閒聊。

「孔子的英文名字叫什麼？」我問。

她一臉狐疑，紙上打個問號。

「孔子，字仲尼，Johnny Kong啊！」

她嘴角往上彎，似覺機智有趣：「那杜甫的英文名字，該不會是『豆腐』吧！」

「杜甫，字子美，叫Jimmy Du！」

她噗哧笑起來，反問：「A、B、C、D、E，哪一個是動物？」

我不假思索：「D，就是Dog！」

她搖頭，「B！B發音Bee，是蜜蜂。」

她又問：「你收到甚麼禮物，會想把它踢走？」

我反問：「不會吧！怎會把禮物踢走？」

她笑回：「足球呀！」

我又好氣又好笑。這是腦筋急轉彎。這位小女子肚子有料，不可小覷。接著她問：「中國山水詩人和西方詩人有什麼不同？」

我答：「一個是白種人，一個是黃種人。」

她正經八百道：「中國詩人常是失意官場，再隱退江湖；西方詩人是無意官場，熱愛田園山水。」

一看她說明，我雙手握拳，壓低聲說：「高見高見！佩服佩服！」晚上文藝營指導老師捎來當月《幼獅文藝》，有一篇我的散文〈血浴〉。她翻了翻：「你寫的？」「你看呢？」我想不要太臭屁，逗逗她。「搞不好同名同姓？」她有些質疑，我不以為意，反正事實勝於雄辯。

營隊中鋒頭最健的是大四學弟梁，甫獲《明道文藝》大專小說第三名。學妹們望風懷想，多圍繞在他身邊。我默默無名，乏人問津，只好找直屬學妹聊聊修辭學，學妹興致缺缺，我只有摸摸鼻子。她在旁看在眼裡，眼鏡後閃過一抹慧黠神色，與窗外枝頭高舉的紅艷山櫻相互映照。她笑問：「那你大學時沒有學妹欣賞你？」我略感尷尬，整理思緒，斂色鄭重道：「大二時有交往一位，不過家世不合，理念不合，過程平淡，我登文章也不會欣賞，畢業時就分手了。以後處理感情，要慎重點。」她接道：「談得成的叫戀愛，談不成的叫青春。緣分到了，就會遇上對的人。」

閒暇時，她冷不提防問：「有沒有打算考博班？」一支箭大剌剌射中我「秘密」的靶心，驚駭之餘，只知「真話不全說」，等以後考上再說，先不要講，當下打馬虎眼：「我看我念到碩班就差不多。」低調以應。她也笑道：「隨緣啦！」。清晨，文藝營不遠的吊橋、梯田，俯瞰遠眺，綠意盎然。和她相約漫步。回來營區，指導老師把我叫住：「快去把演講資料準備好。」說得我滿臉豆花，但她的方向，是我眼神的方向。

第二天晚會，各組表演節目。遙見她手拿吉他，哼唱西洋歌曲，文青神態，別有一番氣質，我不禁心旌搖曳。原來她不只是言辭犀利「能說」而已。當晚，我那一組帶隊跳鬧哄哄的「踢死狗」（Disco），讓她見識我並非「四體不勤」的老夫子。

拔營賦歸，兩人分搭不同車子分道揚鑣。回到校門，天涯咫尺，兜兜轉轉，竟在舊總圖書館照面，一聲「嗨」，從中西名詩的話題掀起，我信口問：「借什麼？」「蘇東坡啊！」好樣的，外文系居然看東坡居士。她看我表情訝異，接道：「英語系有開中國文學史啊！」我愣了一下，把握機會：「我有這本書啊！」這該是錢鍾書所說：「一借一還，一本書可以做兩次接觸的藉口，而且不著痕跡。這是男女戀愛的必然初步。」中午用餐，蹓躂到師大附近「大草原」自助餐排隊，人龍中頭一抬，一朵亮麗笑靨在眼前燦爛綻放，彷彿明媚春陽照向暗角小草。她拎便當出來。

一聲「嗨」，再一聲「好巧」，我心裡直打鼓。一次是偶然，兩次是怡然，三次就是必然？

三月下旬，碩一撰稿的《公無渡河》樂府詩賞析出版，平生出的第一本書，敝帚自珍，我特意拿「簽名本」至她兼差的國語中心餽贈，秀才人情「書」一本，以書「輸送」情意，博取好感。當下，她談起英詩如伯朗寧夫人《葡萄牙十四行詩集》中的情詩，真摯動人，絕對可以和樂府詩〈上邪〉等相互輝映。一週後閱畢全書，她見到我直呼：「James Bond，真是棒！碩班就能出書，很厲害！有潛力，有活力，期待佳作連篇。」面對這般直接、有力的稱讚，說得我心花怒放，也說得我不好意思：「你不嫌棄啦！」話鋒一轉，我繞個彎：「我們兩系可以多交流合作，有跨界才有新境界。」直覺天意憐幽草，暗角幽草能沐浴在暖日金輝下，心頭滿是激動。包括大學四年、任教新豐高中三年，迄今沒有女生這般誇我，知音哪！認識過的女生無人賞識我這枝筆，真是喜出望外，知音難尋今日尋，竟在英語系。

英語系女生，如果提早五年，大學就遇見她，我一定嘴裡含鴨蛋，裹足不前，不敢和她「哈啦」，不敢有「追」的念頭。幸好，天助我也，遇見她在碩二，練過土風舞，演過讀戲劇所學妹導的一齣《嫁妝一牛車》，肢體語言活了些，嘴巴溜了些，臉皮厚了點，寫作能力也強了點。回分部研究生宿舍，和室友提起，學長不看好：「土洋大戰，我們是番薯，她們是馬鈴薯。」我靈機一動：「不會啊！番薯和馬鈴薯，最後一個字都有『薯』，異中有同，可以中西融合。馬鈴薯大陸不是也叫『土豆』？」學長丟下一句「你高興就好」。是啊！高興就好，反正我屬「馬」，死馬當活馬醫。如果不成，「馬馬虎虎」一場，就當紀念；如若有望，「馬到成功」，可以「效犬馬之勞」，或許可以讓一直擔心我「娶無某」的母親終於可以放下心。

那日，風和日麗，天空是可以敲出清音的藍玻璃。坐在國父紀念館樹下如茵草坪，她一襲柔白上衣水藍長裙，熱烈說大三辦活動的忙碌，從「靈均詩歌之夜」、改變系上短劇比賽時間，讓演出更精彩、推動夜間部也能參加的週末系列演講。我說：「碩一聽過一場，鄭恒雄講『語言學和文學』。」她驚訝：「我也在臺下。」「我在左邊前排。」相視而笑，我心想，果然「五百次的回眸，才換得今生的擦肩而過」。後談及我大學畢業典禮在此，大專合唱團比賽也在此。當年指定曲是李抱忱〈人生如蜜〉。大二參加合唱團的她，若有所思：「你知道有一首歌，歌詞從頭到尾只有一句：『我有平安如江河在我心』，可以一直唱？」我搖首。她輕輕唱起，柔和嗓音中帶有「莊嚴」、「貞定」，是生命純真的詠唱，是宗教和諧的湧動，一句話，一輩子，一生情。我跟在旁，慢慢學：「我有平安」、「如江河在我心」、「在我心」，隨著悠揚的旋律，一唱三嘆，久久低迴不已。會合唱的女子，專注和諧，最能撥動心裡的那根絃。

當夜搭車回研究生宿舍，燈夜波濤洶湧。深慨「一個屋簷下要有個知心女子」才能「安」，才能「心安」，才能真「平安」。伏案燈前，攤開信紙，寫下〈江河三帖〉，訴說現在心境，正是「人生不相見，便可不相戀；人生不相知，便可不相思」。相思是「哪一次我思潮裡，沒有你波濤的清響」（冰心），相思是「我心裡有你，想你千遍也不厭倦，一顆心就黏在你身邊」。厚厚一疊寄給她，估算她接到的時間，隔日晚上打電話問：「收到沒？」忐忑不安之際，深怕被打臉，囁嚅道：「隨便寫的啦！你隨便看！」「你隨便寫的？我很認真看哩。」激問中帶笑嗓音自電話彼端「似肯定」傳來，我立即鼓起勇氣改口：「認真寫的啦！」而這一幕的「告白」，掀起愛情路上的序曲。

自此，就有二，無三不成禮，展開綿綿不絕的情書攻勢，太陽的方向便是向日葵眼神的家。深悟最好的佳人，是會「嘉勉」我的戀人，更是會「一加一大於二」的家人。交往半年，後來徵求她同意，帶她南返至新化古厝和母親見面，母親見了滿心歡喜。

「走在一起」是緣，「在一起走」是份，「在一起走下去」，是難得的福份。一路走過來，坎坎坷坷，她像陽光，照亮我心底的暗角，驅散我多年籠罩的陰霾；她的學養像一扇窗，拓寬我文學視野，打開我象牙塔的抱殘守缺；她的直諒多聞像一面鏡子，映射我當局者迷的執念，映射未來茁壯成長的天空；她的關懷照顧像母親，讓我在攻博班、找工作、升教授「惶恐灘頭說惶恐」時，給我三春暉，「零丁洋裡嘆零丁」時，給我精進突破的正能量，以至後來懂得供養三寶，布施捐款，設立獎學金，竟然讓我這個Jason改掉「一塊錢打二十四結」的毛病，指點向上向善修行的方向。

結婚新居，就鄰近倆人偶遇的「大草原」自助餐廳，天蒼蒼，沒有野茫茫，更沒有風吹草地見牛羊，只有彎彎窄窄的小路，和她在一起走，不是「公無渡河」，而是「老公」身分和她攜手「渡河」；和她在一起走下去，化當年藍色的憂鬱為水藍的寬敞，邁向晚霞滿天的瑰麗。「天意憐幽草，人間重晚晴。」希望我化幽暗為「悠然」，離離原上草，欣欣以向榮，和她相知相守，看前方也看對方，共唱「我有平安如江河在我心」，攜手共看晨曦，也共看晚晴。在一碧萬頃的文山字海中，由「筆談」至「筆耕」，再至「合編」、「合著」；今生筆硯相親，志同道合，與真同行，與善同行，相輔相成，相得益彰。

一〇八年七月十八至十九日

《人間福報》副刊

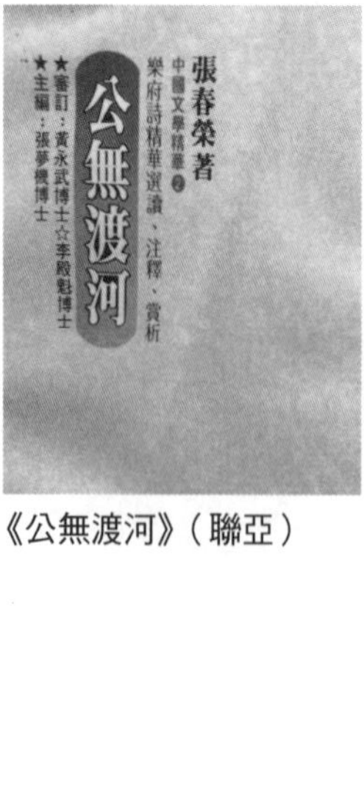

《公無渡河》（聯亞）

菩提樹下

1.

鎮上武安宮廟側面有片竹林，竹林旁有棵高大菩提樹，樹下平坦空地是小朋友玩彈珠、紙牌的天堂。國小一年級，媽帶我和姊來廟裡拜拜。正殿中，炷香繚繞，媽合掌對大聖爺、二聖爺念念有詞。我牽著姊先出來，看空地上小朋友嘻嘻哈哈玩彈珠。突然一個男生站起，手指姊傻乎乎呆笑的臉，直嚷：「那個是瘋子！」眼見其他男生紛紛轉頭圍過來。我立即牽姊走回廟口香爐後，媽正燒金紙。黝黑古老的爐口，一兩隻灰蝴蝶輕輕飄起。

經過菜市場，折入長長窄巷，回到土夾厝的老宅，內心沉甸甸。常常有些小朋友放學經過老宅紅磚圍牆，就大呼小叫：「走快一點，裡面住一個傻瓜！」我小小心靈不禁有點難過。姊姊大我四歲，我問媽怎麼會這樣？母親幽幽嘆口氣：「小時發高燒，燒壞腦子。那時，我上班。託你阿嬤顧。你阿嬤不上心，重男……」我不知該如何接話。日後，等自己較懂事，坦然接受和姊這「難得」的緣分。

國小一年級起，別人有爸的背景，我卻只有爸離去的背影。爸在台南另外組織一個家庭，成為熟悉的陌生人。媽、我和姊相依為命。媽從小耳提面命：「你男生，要堅強一點，讀書要認真些。」那時，祖父還在，跟我們一起住。一日夜晚，客廳昏黃燈泡下，白蟻飛起。媽拿戶口名簿給祖父看，上面出現「同居人」和兩個「小孩名字」，一臉哀怨，要祖父評評理。祖父直勸媽息事寧人，生米煮成熟飯，沒法度。把希望放在我身上。可惜當年我法律知識不足，不知道這樣就代表爸「重婚」，事實俱在，媽是可以申請離婚，起碼要求爸付贍養費，讓媽有更好的待遇；而不是「將就將就，睜一隻眼，閉一隻眼」，認命苦守這斑駁老宅，流失燦爛笑容，讓自己在陰陰暗影中日日不見亮光，原本沉默的臉龐更沉默。

眼見媽「撐起半邊天」的辛苦，身為大兒子，知道要有天良，爸已經為難媽，自己不要再為難母親。國小六年級起，收拾玩心，開始啃教科書，置漫畫書於腦後。乘著考試的翅膀，飛過初中、高中，最後飛過大學聯招窄門，考上北部公費大學，畫下美好句點。當榜單像走馬燈在電視螢幕上慢慢跑過，媽的嘴角終於向上彎，彎成上弦月，掩不住心中的歡喜。多年來斑駁貧瘠之地，終於種出一朵榮耀之花。

2.

大學情竇初開——以學長的便利和學妹共譜「愛情戀曲」，說是「共譜」，其實應算是我個人獨奏，一廂情願。在過程中，大三學長正色道：「學弟，我們廣東人很重面子，要有心理準備。」繼而直屬學姊收起笑紋，一臉嚴肅：「她和你出去，回來的表情很不快樂。你們真的適合嗎？」最後，一朵初戀越開越蒼白；兩人因誤解而相遇，因瞭解而分離。

重回形單影隻，精神恍惚。直屬學長看在眼裡，約我晚餐後在音樂教室東側菩提樹下「聊聊天」。坐在陰涼方形石椅上，學長明澈眼神照過來：「你到底喜歡對方什麼？」我一時語塞。正想說喜歡自己誇誇其談，有人聆聽。學長淡定的嗓音直入耳輪：「戀愛常常是『亂』愛，不要自亂陣腳，飛蛾撲火。幻滅是成長的開始。」

我默默頷首。而後學長約我一同前往「中道社」聽演講。坐在樂群堂上，聽見法師、居士一再談「隨緣」、「緣起緣滅」，雲山霧裡，不甚了了。當然隨著學期結束，也慢慢看清自己「愚蠢初戀」、「愚昧青春」。

七月畢業，回新化近郊高中任教，母親蹲坐灶前，火光明滅臉龐：「你大學這對象，外省的，你阿公在時，一定會堅決反對。反正你目標念研究所，再找合適的。」三年後，負笈北上。不殊的是風景，有異的是心境；大學時，心中充滿陰影，如今多了講台上的歷練，也多了些言談自信。

碩一，時值冬季，一日午後行經音樂教室東側，微微冷風吹來，我站立菩提樹下，仰望條條枯枝間綻放點點翠綠嫩芽，閃晃微微金光，顯然耐心守候，等待即將來臨的春天，再顯一樹透亮心形綠葉的風華。此時，馬雙雲作詞〈菩提樹〉鋼琴演奏響起，歌聲輕揚：「菩提樹下的你我，曾經為愛執著，一片相思幾滴心魔。……」回想大學「蠢蠢的愛」，瞎子摸象，歹戲拖棚，愚不可及，不能一錯再錯。想起英國名作家蕭伯納所謂：「初戀只是一點愚蠢加上大量好奇心（First love is only a little foolishness and a lot of curiosity.）不禁尷尬苦笑。

碩二時，幸運遇上讓我「眼睛為之一亮」的女子。她能夠和我談文論藝，欣賞我的文筆，不再是我唱獨角戲。於是兩人越走越近，我鄭重重燃愛情之火。當決定帶她回新化和母親見面，內心浮動一縷縷忐忑：現實是骨感，會不會被破舊老宅打敗？會不會被智障的老姊嚇到？還好母親和我第一次帶回家的女子相談甚歡，也見識到什麼叫「蓬蓽生輝」。也第一次老宅灶腳和客廳打破多年沉寂，飄動嘹亮的笑聲。我想，所謂「緣分」就是「剛剛好」，把握因緣，隨順因緣；一日有緣有分，就會水到渠成。照前世今生的說法，兩人這輩子能在一起，和前世有關。該你的就跑不掉，不該你的就要不到。

3.

媽在我考碩班時，因子宮頸癌三期，北上開刀，平安返家。四年後，我攻讀博班，因癌細胞轉移，再回原醫院檢查，居然是尿毒。我直覺事態嚴重，但一方面安慰自己樂觀點：「靠洗腎，有的人仍活很久。」一旦媽病情好轉，再度安全回家，我就不必黏在醫院，可以重回「修課」、「兼課」的軌道，繼續向前邁進。而母親也希望這次出院，回去可以辦榮退。

孰料林醫師審視兩次洗腎結果報告，一臉肅穆，轉臉對護士長道：「怎麼洗這麼少？」而後約我至病房走廊，午後陽光斜斜打在牆上。林醫師簡短說：「你要有心理準備！」我一頭霧水。準備什麼？準備多久？一個月、兩個月、三個月，原本打算再半年和未婚妻踏上紅毯的那一端，讓媽久懸在心上大石頭放下。真的是「計畫趕不上變化」！

黃昏時，我下樓用餐。餐後，意態闌珊獨坐迴廊內側石階上，眼前七里香飄出淡淡清香，再過來就是青翠的菩提樹靜靜佇立。晚風習習，一片葉子無聲飄落，靜若響雷。我內心徬徨無助。而母親就在我心裡沒有準備好時往生。幸好媽同事來探視，曾交代：「有什麼事，問吳老師。」經由決議，先在新北火化，再搭新化國小派來的專車南下，直奔鎮郊佛寺，遺像置放偏殿靈堂。

佇立靈堂中，合掌聆聽師父誦「藥師佛經」、「地藏菩薩本願經」、「阿彌陀經」，在木魚、磬的輕擊中，凝視黑帶相框中母親祥和微笑的臉，前塵往事一一浮現心頭。國小三年級在廟前空地圍打紙牌，天外飛來橫禍，右眼被彈弓夾石子打中，急送台南醫治。據媽說，再慢二十分，就變成「獨眼龍」。初中搭車回新化，搭錯車跑到善化，再折返回新化時，媽焦慮站在興南客運車站望眼欲穿。大一時，第一次離家，媽說：「書要好好讀，身體也要顧。」大學暑期，談到我日後成家，媽拿出藍色小包：「我有幫你存錢，讓你到時娶妻買房用。」縷縷炷香中，深覺對媽「虧欠」，一件件一樁樁。念及媽住院時惶恐不安，如果自己對佛法有多懂一點，勸她唸「阿彌陀佛」，專心凝慮，不東想西想，心靈有個寄託，精神會比較安定。

結束十四天誦經法會，護送媽骨灰安置寺中靈鷲塔。午後金陽燦爛，蟬鳴喧囂。途經兩棵高大菩提樹，心形綠葉閃映陽光，青翠透亮，彷彿掐得出綠水。仰望枝葉間虛空流雲，遙想二千五百年前佛陀七七四十九天坐在菩提樹下頓悟，頓悟「緣起法」、「三法印」……俯首凝視大理石甕上鑲嵌的母親照片，我只看到一路犯的錯誤。當擁有時，不太關心；當知道要關心時，不再擁有。我長長吁口氣，千金難買早知道，千千萬萬想不到，人生常吃後悔藥啊！

隻身回來，再行經菩提樹，一兩片落葉委地，低頭俯視，深慨沒有任何力量可以阻止一片樹葉掉落，沒有誰能阻止一陣風突然吹來。母親走了，我被迫要「站出來」，但心中不免孤寂。幸好從醫院至佛寺，都有未婚妻相伴，不管還沒有正式過門，掃除我不少孤寂寒涼。

拾級踏上靈鷲塔第七層，放好塔位，我問師父：「對往生者有所虧欠，要如何彌補？」師父正色道：「多誦經，多行善布施，迴向給往生者。有過錯，要懺悔。」心中凜凜受教，誦經與布施應是我日後要做的功課。

而媽生前放不下的姊，經大伙決議，先安頓在近郊的仁愛之家。

4.

副教授當了九年，猶記九月開學，下課邁出校門，行經百千層，走上復興南路紅磚道，木綿樹爆裂一朵朵紅橙橙花。行行重行行，在騎樓下竟巧遇大學教我「散文習作」的老師。我欠身打招呼，老師微微一笑，劈頭就開門見山：「升等了沒？」我自然搖頭。「當主任了沒？」我繼續搖頭。「我以為你很行！」一支明箭亮堂堂射過來，射得我尷尬呆立。不升等不行嗎？升等是唯一的價值？我記起花了三年和妻合作編著《世界名人智慧語》，系上長輩看了，直搖頭：「這種書不能拿來升等，有什麼用？」我只能笑而不答。人各有志，不必一定要前仆後繼撰寫冷僻的學術論文，不同著作有不同功能。

十月午後仍熾陽高燃，金燦鎔燙，讓人頭壓低眼睛都快瞇起。上完四點課，輕輕鬆鬆騎腳踏車回家。順循專用道，穿過公園，拐過斑馬線，緩緩滑經清真寺。說時遲，那時快，欣欣客運和機車強烈擦撞，機車整個彈空直砸過來。心頭凜驚，來不及喊叫，急按煞車，人車瞬間重摔馬路，西裝褲破裂，鮮血汩汩自大腿湧向小腿。呆愣地面，直盯籃子、前輪和龍頭全扭曲變形，一顆心「卜通卜通」如急鼓擂震幾乎快跳出喉嚨。好險啊！心想如反應太慢閃躲不及背部遭重擊脊椎斷裂，「吾命休矣！」涔涔冷汗直流，當下「無常」兩大字悍然閃現眼前，「一旦無常萬事休！」人不能永遠擁有明天。「死亡」將貼在額頭，死生一線間，能不令人膽顫心驚，抖落一些迷思？一跛一跛回到家，妻急陪我到醫院治療，除了叮嚀「自己小心，也要注意別人不小心」。而鬼門關前走一回，也認為該停下來想想，「健康不能省，行善不能等。」不要留下太多「該作沒作」、「該懺悔沒懺悔」的憾事。真的挽起袖口，該作有意義的事。

年近六十，邁向人生下半場，不是該追求「意義」？在與妻協同上臺師大「世界名人智慧語」通識課程，論及人生上半場是追求存摺上的零，下半場是追求心電圖上的歸零。兩人均認為「花得到的叫財產，花不到的叫遺產。」錢應該花在刀口上。沒有立功，起碼可以立言、立德。諸如「積德不積財」的陳樹菊、陳綢、「千轉萬轉不轉彎，一生種樹救台灣」的賴倍元、推動公益慈善的王建煊夫婦等，都是擺在眼前的典範。當下，妻提議除原先辦喪事，以媽名義捐款給新化國小外，可以在我任教的系上，以母親名義設立「清寒優秀獎學金」，嘉惠莘莘學子。記得當年唸大學時，也領過國文系清寒獎學金，雪中送炭，不無小補。而後「捐書」、「捐衣」、「捐稿費」等，挹注慈善團體，希望愛心變清流，清流繞地球。

5.

心態改變，行為跟著改變，行為改變，習慣跟著改變。

走在路上，目見行道樹是菩提樹，心有戚戚焉。花甲之年，不能再「花」再

「假」，生活不能再「忙、盲、茫」，生命應再進階，「生老病死」翻轉成「老病死生」的正覺。身為現代知識分子不應只是「知識的巨人，善知識的侏儒」，生活應活得更清晰，如「禪」字所示，回歸簡單。

首先，在飲食上，揮別「無肉不歡」的重口味，慢慢寬心吃素；一來養生，二來護生。其次，日月逝於上，體貌衰於下，自己視力有點茫，耳朵有點背，背部有點駝，不再驚恐，而是如實接受。再來，在活動上，除了電視機前的聽經聞法，新年時，除舊布新，偶爾至寺裡抄經，讓自己在一筆一畫的專注中，靜心清心；佛誕日和妻前往總統府廣場與中正紀念堂浴佛，充滿政治圖騰的廣場頓時安祥法善，沒有撕裂，只有和諧。三時繫念法會，在偌大體育館萬人齊聲誦經，佛音匯流如波濤襲來，聲振於天，一顆心彷彿受海潮一再洗滌，俗慮全消。也悠悠想起多年來包括自己犯的諸多錯誤，想想該如何悔改彌補。

七月夏日午後，帶毛小孩至「都市之肺」的公園蹓躂。斜坡上一排鳳凰木有如遭點火，爆出鮮麗蝶形花朵振翅欲飛。蟬聲唧唧，沿循步道，經過悠悠青松、鐵冬青、香楓，轉角一棵高大菩提樹筆直挺立，灰黝樹皮映著點點金陽，氣根向四周垂懸，覆蓋一大片清蔭。

再見菩提樹，不再像以往匆匆走過，而是佇足樹下，仰望向上廣披延伸的枝葉，直指湛湛白雲晴空，神秀大師的偈子悄悄浮上心頭：「身是菩提樹，心如明鏡臺。」慧能大師的偈子：「菩提本無樹，明鏡亦非臺。」兩種不同的修行方式啊！菩提樹向下紮根，不離於世；向上廣披延伸，不迷於世。仰望高空中一片片心形菩提葉透亮青綠，在習習涼風中輕輕搖曳，細細尾尖猶似小風箏尾巴，款款輕擺。剎那間小小心形綠風箏在枝椏間悠悠飛翔，好一個「綠色奇蹟」，一端照亮自己，一端照亮天空。

牽著毛小孩走到圓圓湖邊。站在欄杆畔，俯視漣漪水面。風摺疊著湖水，時間摺疊著臉；回首上半場的進化論，摺疊著心硬；下半場的輪迴說，摺疊著心軟。

遙望湖心，竹林迎風搖曳，白鷺鷥悠悠飛翔，「風摺疊著臉」，我知道五十歲以後的臉要自己負責。心是人生最大的戰場，千萬這顆心不要蒙塵，不要變成另類的「五子登科」：看不見正信正念的「瞎子」，聽不見智慧來敲門的「聾子」，口中含滿荊棘的「啞子」，言行不一、不良於實行的「跛子」，揹負糾纏重荷、不願放下的

「駝子」。遠處斜坡樹梢蟬鳴眾聲喧嘩，一波波「知了」、「知了」的激問穿空而來。「不知不了」、「要知要了」的召喚迴盪我心上。諦聽間，遙望斜坡上菩提樹，豁然照見「菩提」精義。菩提，菩提，普度眾生，提得起，放得下。「普度眾生」是化小愛為大愛，「提得起，放得下」，要能擦亮一顆心，不要執念更深。因此，要持戒才有新境界，要修定才有明澄清淨，要布施才能慾望慢慢流失，要開慧才能柔軟謙卑，龜步不墜，健步如飛。

遠眺菩提樹筆直向上向善，仰之彌高，見賢思齊，見聖追隨；自己一路愚痴無知，確實要深切反省。不能讓生活中只有情緒，更要讓生命展現情操，往「化作春泥更護花」的慧命上精進。希望與妻相互提攜，有所成長。當然這是一條無盡延伸的艱辛路，而世上最遙遠的距離，是「說到」與「做到」的距離。

一〇九年六月十七至十八日

《人間福報》副刊

《世界名人智慧語》（爾雅）

《走光明的路》（王建煊著）

浪漫之愛與古典之情

從大學以來，論愛情我都採兩分法：浪漫有強度，是神聖的瘋狂，清醒的沉醉；古典有深度，是專注的持久，韌性的相知相守。愛情形態，婚前是「琴棋詩酒花」的豐滿，婚後常是「柴米油鹽醬醋茶」的骨感。婚姻絕非「愛情的墳墓」，除非兩人放棄經營。婚姻是在兩人同心的不離不棄中，轉化了「浪漫之愛」的飛揚熾熱，蛻變成「古典之情」的靜水流深；看似平凡的水面，實則海底深處湧動豐滿的革命情感；看似水波不興，漣漪微微，卻有老年的小確幸，邁向精神上的相契，碰撞出藍色火焰。

二十七年後，重拾舊章，出版《南山青松》極短篇集，十足「壓力山大」，左支右絀，灰頭土臉，一點都不輕鬆。妻看在眼裡，發覺我又寫回老梗，了無新意；毅然「忠言逆耳」，要我「翻轉新思維，開拓新題材」，荒廢這麼多年，運筆風雲，宜觸角敏銳，縱橫變化。於是，她提供點子，點子就是金子；我借力使力，別裁鎔鑄；終於在兩人攜手中「書小孩」的結晶呱呱墜地。欣然走向「悠然見南山」的喜悅，更兼及「善似青松惡似花」的寓意功能。不寫「有意義」的文章，何以遣有涯之生？

去年結婚紀念日，碰上《自由時報》倆性異言堂版情人節「炫愛」徵文，兩人雙雙獲選。當日清早，我遍尋一朵玫瑰花，從永康、龍泉街，再至「三角窗」花店才買到。附上卡片，貼上兩篇「炫愛影印」，獻上一朵玫瑰，一改以往，「梅花」（沒有花）的靜悄悄，分明是老男人重新點燃「少年心」，湧動青春熱血。而這一小步的浪漫，是心中摯愛的一大步。至於「炫愛」百字，上課時隱去名字，讓學生挑選十篇獲選作品中的「最愛」，眼見學生挑妻的人數勝過我，倒沒有吃味，反有「余有榮焉」的歡喜。後來家庭版徵文「人生下半場」，站在人生分水嶺，真的有不一樣的感受。上半場是「花月正春風」，下半場是「一蓑煙雨任平生」；上半場是浪漫初心，下半場是古典的真心。真心期許「從前種種，譬如昨日死」，揮別昔日莽撞，今日澄定明亮；照見「夕陽無限好，只因近黃昏」的深諦。換「可惜近黃昏」為「只因近黃昏」，一字之差，正是古典中銀閃閃的珍惜。畢竟態度改變，習慣跟著改變；習慣改變，個性跟著改變，希望能變出更理想的結局。

如今與妻同行，有兩種走法。一是妻手攀我肩前進，因我背部較長，妻謂：「這樣走，像哥們，麻吉！」另一是我不再「兩串蕉」，知道老夫老妻也要牽手。過馬路停完腳踏車，便以大手牽妻小手，走向捷運東門站五號入口。遇到出太陽、下雨，妻撐傘，我則順手接過來共撐，共撐一個圓，以遮她為主。至於以往搭捷運，「趕趕趕！」「急急急！」爭分奪秒一個箭步衝上的莽撞，千萬不能再犯。尤其都上了年紀，樂活、慢活，安全第一。就像現在兩人分騎腳踏車，不再「急驚風」飆速，而是放慢踩踏緩緩騎，雖騎在前，仍用眼角餘光瞄妻有沒有「靠近」、「跟上」。畢竟世上最忠實之友有三：老妻、老狗、現金，「老妻」是排在第一位。美國富蘭克林的話，肯綮入理，迄今膾炙人口。（There are three faithful friends--an old wife, an old dog, and ready money. Benjamin Franklin）

當然愛的積極性格，要能主動關懷、照顧，讓另一半有感覺。如今在妻「暗示」下，早上燒完開水，順手在妻的保溫杯泡上熱茶，「舉手之勞，何樂不為？」似此動作，微不足道，卻是「放在心上」的折射。就像妻有見於我過敏性鼻炎，除了平常叮嚀出門：「要多帶一件，晚上會變冷。」幫我買圍巾，隨時保護喉嚨；買口罩毛襪，避免夜咳。當然在互動中也看清妻「付出更多」。檢視三十多年來，總希望能替妻遮風擋雨，但她所有的風風雨雨，也常是我帶來的，有時不免心中有所虧欠。所謂老伴，不能「老是涼拌」，要能當妻「老來良伴」，扮好暖男的角色。

暑碩班上課，學生多已婚國小老師，由文學作品談及當年結婚時「往事」。當年妻的同事「不看好我」，一來我尚未覓得專職，二來我「家庭包袱重」，要妻再考慮。孰料妻打破世俗觀念，毅然決然嫁我，真是「知遇之恩，當思湧泉以報」，再加上日後的種種挹注，擴大學術視野，堪稱生命中的貴人。下課時，一位年齡稍長女老師問：「這些話，有當面跟師母講？」我一時語塞，愣在當場。是啊！這麼重要的話，怎麼「愛妳在心口難開」？自己這麼多年怎麼「嘴巴含一顆滷蛋」，只放在心裡收藏？愛妳在心，當然口也要開。當面鑼，對面鼓，鏗鏘敲響，咚咚震耳；胸中湧動的摯愛，就要像噴泉一樣，一柱擎天，在陽光下閃耀四射，讓對方看到也聽到。

曾在撰寫〈三個女人〉時，直稱：「媽和妻是『最愛我』的兩個女人」，妻翻閱後道：「『最愛我』，為什麼不是倒裝句？『我最愛』的兩個女人」，說得我陡然心驚。在兩個女人「愛」的光輝中，我只知「心」、「受」，接受關懷，享受照顧；常忘了要翻轉，讓自己翻轉成熱力四射的光體。尤其媽已不在，妻是唯一「最愛我」，也是我唯一「最愛」的人。再美麗強悍的人也渴望被貼心照顧。自己沒有理由再白目，再我行我素。

客廳燈下，和妻論及「愛情」二字，妻以為「愛」是動詞，有行動力；「情」是名詞，代表「存在狀態」。我則一再強調「愛」是直接，是浪漫，燒燙燙；「情」是間接，是古典，含蓄婉約。然而一路兜兜轉轉走過來，關關難過關關過，慢慢察覺自己所謂的「古典之情」，是不是太內斂，太沉默？所謂「大恩不言謝」，對方並沒感受到「你大恩在心」，只看到「你不言謝」的理所當然，不知感激。所謂「古典之情」再怎麼靜水流深，也該水花洶湧。兩人走在一起，在一起走，是浪漫飛揚；決定走在一起，一輩子一起走下去，則是古典承諾。但這個「古典」，不應是「古板」、「古舊」，而應翻轉成「古典是永遠的現代」；在與時俱進中，知道老夫老妻也有老夫老妻的「浪漫」，兩人一起做有意義的事，相視而笑，不會覺得「浪費時間，什麼都很慢」。這種浪漫，應是美國牧師Henry Ward Beecher所說：「年輕人的愛情是把火焰，總是非常赤熱猛烈，但仍只有光芒和閃爍。年紀大點，受過教養的心靈，他們的愛情像深燃的煤炭，永不熄滅。」（Young love is a flame, often very hot and fierce but still only light and flickering. The love of the older and disciplined heart is as coals deep-burning, unquenchable.）老伴之愛，經霜彌茂，越往心靈層次提升，暖目暖心；執子之手，互為左右手；與子偕老，有你最好。

回首和妻這麼多年來，最應改正的錯誤是以往迷信藝術美學中的「隱密勝過顯露，間接勝過直接，含蓄勝過明言」，以為夫妻相處要承繼古典之情的「婉曲、蘊藉、留白」，要有無聲勝有聲的伏流密湧。事實上，浪漫之愛與古典之情，並非截然二分，彼此是「米克斯」。婚後自然以古典為主，以浪漫為輔，老夫老伴的浪漫，並非驚天動地的「驚嚇」，而在「小動作」細節上。就像在外聚會，一旦八點多，我就先告退：「不好意思，先走。九點遛狗。」雖說遛狗是事實，但也可以直接說：「不好意思，先走，回家陪老婆散步。」直陳無隱，光明正大，不必在乎外人的揶揄：「這麼乖！」「得氣管炎（妻管嚴）啦！」

古典之情，維繫兩人世界；浪漫之愛，豐富生活趣味。沒有棉被，何以過冬？沒有愛，何以過今生？浪漫與古典相融，即使老夫老妻，也不能把浪漫推出去：「那是年輕人的玩意！不來這一套。」為自己偷懶，找台階找藉口。其實再怎麼老夫老妻，再怎麼古典節制，也可以主動積極，心中有愛，偶爾浪漫一下，讓彼此更可愛，更值得信賴。

一〇八年十月十七日
《人間福報》副刊

附錄：《自由時報》兩性版情人節徵文

情逾金石

妳是天蠍，我是天秤，兩人走在一起，是天意，一起走下去，是天作之合；家中大事由我決定，小事由妳決定，甚麼是大事、小事，由妳決定。

生活中的沙礫，我倆合力把它磨成一顆顆珍珠，串成三十二年的珍珠婚。妳名字中有一字「珠」，願今生「珠聯璧合」、「珠圓玉潤」，珍之惜之，共造「一加一大於二」的團隊，邁向鑽石，情逾金石。（張春榮）

中西合璧

你春風拂面，我暖陽高照；你穩住陣腳，我衝鋒陷陣；你使命必達，我運籌帷幄；你是我神隊友。

我洗衣，你晾乾；我炒菜，你洗碗；我遛狗，你餵養；我網購，你超商取貨；你是我最佳伙伴。

我愛讀，你愛寫；我攻英文，你專中文；我翻譯西洋名句，你賞析定稿；在文學江湖，我倆雙劍合璧。

今生互為另一半，我是你的導航，你是我的肩膀；分享快樂，快樂增加一倍；分擔痛苦，痛苦減輕一半；在人生路上，風雨同舟，你我相輔相成不孤單。（顏荷郁）

一〇八年二月十四日

《自由時報》兩性異言堂版

珊瑚婚感言

在婚姻這條路上，餘生漫漫，走過十五年水晶婚，水漾亮晶的年華，越過二十五年銀婚，銀閃閃的月光，邁至三十年珍珠婚，珠圓玉潤的曖曖含光，堂堂邁向三十五年的珊瑚婚，珊珊可貴，毫不含糊。

珊瑚婚的物語：「殷紅而寶貴，深色出眾。」殷紅如湖間紅蓮，在波光漣漪間迎向朝暉，暮送晚霞；就這樣地牽手共度今生，從民國75年〈結婚進行曲〉的許諾：「就讓你我踏成一雙鞋的唱答，亦步亦趨」，與妻從愛人、至親人，再至互為左右手的貴人，涓滴成河，靜水流深，流成一片汪洋，成為相知相守的老伴。老伴，老伴，老來良伴。

回首三十五年長溝歲月，夫妻合作出書十三冊，最為珍貴。兩人相互提攜照顧，凡事「衝突、妥協、進步」，「主動、被動、互動」，有妥協才有和諧，有互動才有回甘的感動。

三十五年珊瑚婚，說簡單似乎不簡單，從紅毯出發，一條路，慢慢走，認真走，就超過一個世紀了。夫妻左唱右答，互為股肱，左膀右臂，相輔相成；截長補短，觀摩學習，志同道合，共同成長成熟。

紅珊瑚於我的啟示，「珊」與「善」音近，上善若水，從善如流，廣結善緣，多和「善知識」交往、請益。化小情為大情，化小愛為大愛，盡力而為。「瑚」與「湖」音同，多出去參訪道場，附近公園、景點走走，在綠意盎然的林蔭深處，與妻併肩，與愛犬青松同行，清風徐來，十足「山光悅鳥性，湖影空人心」，頓時身心鬆綁，愜意舒暢。至於紅珊瑚於我的警惕，「珊」者「刪」也，刪去枝蔓，刪掉陰影的記憶，刪除無名煩惱，讓一顆心沒那麼多不必要的負擔，逐漸變得清明透亮。

「瑚」者「糊」也，不可老糊塗，貴遠賤近，輕易相信外人，尤其「三姑六婆，淫盜之媒」，禮多必詐，口蜜腹劍。須注意外人常別有居心，內人才是挺你的人。不是一家人，不進一家門。更要重視養生，步調放緩，一切以「進德」、「修善」為主，抓重點，從容過日子，凡事「不急來」，健康、安全為要，讓妻安心，小心駛得萬年船哪！

正視珊瑚婚，我知道前方尚有紅寶石、藍寶石、金、祖母綠、鑽石等，等我倆相互扶持，同為「六一居士」：一男一女，一心一意，一生一世，勤加採擷，細細珍藏。

一一〇年四月十二日

《人間福報》副刊

《名家極短篇悅讀與引導》（萬卷樓）

《南山青松》有推手

人生沒有如果，只有因果。

一零六年三月，假如沒有妻對我說「重拾筆耕」的部分拼湊之作，直指取材「老掉牙」、認知「炒冷飯」，自己這些「倒退魯」成品，若貿然推出，勢必被師友同輩笑掉大牙。如今想來，真是捏一把冷汗。

假如沒有妻「互相嗆聲求進步」，自己不會打掉重練，刮垢磨光，激發新能量，對舊題材提出不一樣的視角，對舊情節安排不一樣的結局，揮別「自我感覺良好」的幽谷。

假如沒有妻一再耳提面命：「心中要有讀者，要對文字負責。」自己將停留在「我手寫我口」的遊戲筆墨，忘了寫作要「開卷有益，掩篇有味」，調整寫作態度與方向，向「真、善、美、慧」的角落前進。

假如沒有妻一語驚醒：「親身的、身邊的，可以寫。」自己勢必捨近求遠，只注意天邊的彩霞，而忘了腳下的玫瑰；「滿目河山空念遠，不如憐取眼前人。」眼前人才有溫度，當下事更有意義。有真正「I see」，才有真正「愛惜」。

假如沒有妻鼎力支援，在書空白頁加上插圖、書影、相關照片，這本書不會更有「看頭」，不會圖文輝映，更顯美編趣味，召喚瀏覽。

面對新書《南山青松——張春榮極短篇》，如果沒有這番波折，沒有妻直諒多聞，推我好幾手，大概「南山」仍在遠遠的天邊，「青松」仍在白雲深處，不會標幟出不一樣的風景。

一〇七年一月十一日

《人間福報》副刊

《南山青松》（爾雅）

看前方也看對方

民國尚未「百年」，我和妻決定「好合」。參加臺北市集團結婚，並在指定的「羅曼羅蘭」拍婚紗照。

黃昏時，身著西裝，繫上紅色小領帶，和妻踏上二樓攝影棚，既興奮又期待。由於拍照多採內景，調燈光，換布置，我和妻浪漫滿檔，耐心等候；愛在最高點，豈可太隨便。所謂「浪漫」，就是浪費時間在美好的事物上，什麼都很慢。反正慢工出細活，生命中美好的時光，吃緊弄破碗。這中間還包括休息時刻「插花」，有客人進來拍大頭照。

二十組拍下來，一樣的笑容，不一樣的燦爛；紅花配綠葉，相得益彰。在攝影師的指令中，我先後換了兩套西裝，腰繫紅色束帶，好像雄糾糾的「鬥牛士」；妻一身雪白禮服，頭繫白紗，手捧束花，低眉淺笑，真像畫裡出來的氣質淑女。我滿心歡喜，不再扭捏，和妻貼臉，笑看前方，互看對方；時而傲然挺立，笑摟妻纖腰；時而兩人低首促肩，同看桌上圖案；有時出鏡，在旁欣賞妻手持圓扇的古典獨照，真是「巧笑倩兮，美目盼兮」，卿本佳人，娟秀淡雅。當兩人邁出「羅曼羅蘭」，街上已燈火通明，月上柳梢頭。

第一次拍婚紗，雖說霧煞煞；但青春正茂，既新鮮又興奮；霧裡看花，越看越有感，越照越有趣，心花怒放，處處驚嘆號，分明是「今夕復何夕，共此幽燈光」、「花月正春風」的生澀與開懷；沒有心結，只有和諧，標幟兩人「天作之合」，今生今世最佳伙伴與老伴。我們挑了二十組中最滿意的一張，分寄遠方的親戚好友，也獲得「真速配」、「夫妻臉」、「珠聯璧合」的共鳴。而三十三年後重看結婚照，依稀能感受當時的好心情，相偎相依，共結連理，脈脈洋溢的單純甜蜜。尤其六十大壽，編紀念文集時，重回紅紅青春敲啊敲的時光，仍覺活力四射，熱血心頭。其中結婚照又可派上用場，一對璧人，照亮青春，照亮相知相守的歲月，倍覺欣慰。

一〇八年七月

《中國語文》月刊七四五期

溪頭之旅

平生溪頭之旅，迄今兩次。第一次大學畢旅，甲丁兩班兩輛遊覽車環島參訪，夜宿溪頭，翌日離去，匆匆一瞥。第二次是小倆口「蜜月旅行」。婚禮隔天，與妻「專程」、「專誠」前往。紅毯的那一端蜿蜒鋪向鹿谷鄉北勢溪上游，掩不住內心雀躍，敲鑼打鼓。如果說，第一次畢旅是平淡逗號，第二次無疑是幸福驚嘆號，一對新人載奔載欣，奔向新婚的最高點，共赴兩人世界「嶄新境界」。

託妻之福，妻家教學生家長，是森林系教授，難得有家長這麼慷慨，小倆口「新火爐、新茶壺」得以入住獨棟「林間小屋」，真是喜出望外。木製兩層小屋，樸素典雅，眼睛為之一亮，猶記畢旅時，班上同學經過，紛紛驚呼：「好樣的！」以「林間小屋」為景，拍照留念。孰料鴻福齊天，洞房花燭夜，得以在此夢幻天地，鳳凰于飛在林梢。置身其中，十足「結廬在人境，而無車馬喧。」喧動不已的，是有緣分，有名分；金風玉露一相逢，便勝卻人間無數。兩人形影不離，飛越凝碧的原野，飛向山巔，扶搖直上，穿越繚繞雲霧；在空中翺翔兜圈，優雅盤旋，微風在耳，輕輕降落閣樓窗口。晨曦窗口，牽握妻小手，既然牽手，就不要放手；既然牽手，就要長相廝守，牽手一輩子。

旭日初照，輕霧迷離，林間鳥音啼成一道道白亮金線，與妻漫步至大學池。池畔寂靜，天光雲影共徘徊。弓型竹橋和池中倒影接軌，接成虛實的橢圓。草叢間鴿子悠悠低頭覓食。佇立橋上，與其「巧」遇，在復興鄉的文藝營，一中一西搭起喜相逢的橋。真是「有緣千里來相會」，「緣來就是你」；一個來自臺南的方塊臉，一個來自金山的鵝蛋臉，兩人差了五歲，不早不晚，剛剛好碰上，相見相戀，相思相知，成為今生的新郎新娘。望著與妻池畔相偎倒影，如果這是武俠天地，與妻攜手相視，如膠似漆，言笑讌讌，當是「神鵰俠侶」，楊過與小龍女雙劍合璧，同聲相應，笑傲江湖。青春就是無敵，青春就是美，美在臉，也美在心；蜜月就是甜滋滋，蜜月就是放閃，閃亮彼此，閃亮四周。此情此景，歷史瞬間，不摟擁成麻花捲，拍照留影更待何時？撐開三角架，喜上眉梢，願天下有情人終成眷屬，願天下眷屬都是有情人。溪頭，是希望的源頭，稀罕珍貴的源頭，甜蜜婚姻的源頭；源源不絕，木欣欣以向榮，泉涓涓而成河，載著我倆流向美好的未來。

下午時分，沿循步道，行行重行行，與妻來至孟宗竹林。身陷密匝匝幾乎不見天日的竹林陣，是武俠電影中刀光劍影的密境；但對舞文弄墨的我與妻而言，一根根直嫋嫋抖呵呵的綠竹，則是邀雲弄霧的如椽大筆，書寫「單純有力」、「向陽向上」的今生。習習涼風吹拂，踩著一地落葉，尾端傳來沙沙吟哦的「隱士」之聲，間伴深處恰恰雉雞啼音，來到隱藏林陣中「竹廬」。題此二字，間接道出「眾鳥欣有託，吾亦愛吾廬」的和諧歡愉，同時是「竹徑有時風為掃，柴門無事月常關」的詩心召喚；再待至月夜，更添「深林人不知，明月來相照」的美感興發。廬前留影，定睛凝視「竹」字，每根頂端各兩片葉子；自簡體字觀之，則是兩個瘦瘦的「个」體並列。而與妻以文相會，以筆相親，結髮相伴，結為良伴、夥伴，正似竹子相互隸屬，各自獨立，並肩作戰，期許虛心邁向堅韌單純的人生，也預告兩人「天作之合」，合作寫書的契機。

人生是段旅程，要好好享受過程。蜜月旅行，感謝妻並沒有要求飛峇里島、紐西蘭、法國、義大利，而選擇「山中靜好，歲月不驚」的溪頭，成為我倆新婚甜蜜亮點。後來，「閒潭雲影日悠悠，物換星移幾度秋」，從青春至白首；從鯉魚潭至礁溪、太平山，從阿里山、草嶺、玉山國家公園，從八斗子、福隆海水浴場至臺南延平郡王祠，妻一直是我最佳伴遊。有人常笑：「怎麼不出國玩？」我笑答：「臺灣就很有的玩，與妻同行樂悠悠」。日後，我觀賞經典影片，斗室中重看黑澤明《夢》的第一則〈太陽雨〉，小男孩天真走向霧起的森林；獨特配樂中竟鮮明想起溪頭蜜月的點點滴滴，重回青春燦爛；而第二則〈桃田〉中小男孩循著鈴聲追著小女孩穿過的那整片的迷霧竹林，更讓我心神飛揚，飛回孟宗竹林與妻相偎相依黏在一起的時光；目睹杉樹林、銀杏林歸來，我著新郎裝妻著婚紗，大學池畔的放閃破表；不禁悸動神馳，心頭流淌蜜汁，嘴角浮起笑意。而與妻雙雙在大學任教，或許「大學池」的蜜月景點，在冥冥之中埋下伏筆。

《人間福報》副刊

《英美文學作品導讀》（文鶴）

男人的更年期

女人有更年期，男人也有更年期。年輕時要闖，中年要養，老年要放。更年期進入「養」的末尾，「放」的開端，知道生命不再是「自以為是」，而是「有所為，有所不為」。

更年期，是過盡千帆皆不是，斜暉脈脈水悠悠。大多數的外人終究是外人，不要熱臉貼冷屁股，有些朋友，只是來「搵豆油」，沾沾光就漸行漸遠；有些學生也只是來「借個牌」，畢業後就銀貨兩訖，不再聯絡。終於摘下老花眼鏡，乾笑幾聲，笑自己一廂情願，圖個什麼？圖個一鞭殘照？

更年期，是繁華落盡見真淳。所有群鶯亂飛，終究不亂心；美感經驗，瞬間不見，都是曾經逝水。等到辦喪事時，陪你南來北往困頓奔波的，只有「內人」；等到住院時，無視你顏色憔悴、形容枯槁的，就是最牢靠的「老伴」；等到你站立風雨中，替你撐傘遮風擋雨的，就是不離不棄的「愛妻」。掏心掏肺，只能掏給「真淳」，真真實實存在身邊的一個人。

更年期，是迷途其未遠，覺今是而昨非。和外人勃然爭吵，已屬無聊，和自家人、內人針鋒相對，更屬不智。到頭來，都是讓家籠罩在情緒的黑霧中，留下雙輸的錯誤，吵贏了又怎樣？「少」一個「口」，不就「吵」不起來，不要再「加」「木」，不就不會越吵越烈，「架」不起來？只要放下薄薄的「自尊」，就不會帶上後悔的枷鎖。

更年期，是山重水複疑無路，柳暗花明又一村。知道遇山水轉，遇石水轉，遇岸水轉；轉念不自戕，轉念不一樣。力不從心又怎樣，不要體力透支就好；性不由已又怎樣，點到為止就好。更年期，不是跟家人、內人更分歧，深知歧路亡羊，轉念啟安詳，轉念迎陽光。

更年期，是莫道桑榆晚，為霞尚滿天。更年，不是更老，而是更新；重燃生命之火，重新追愛，三不五時，愛與行善要及時；愛老伴、愛毛孩，擁抱平平安安的浪漫，珍惜簡簡單單的溫暖；沒有憂鬱，只有愛語；沒有沉默，只有幽默；沒有更疏遠，只有手牽得更緊，兩人走得更黏。家人、老伴、毛小孩，是一輩子的「佳人」，頻添卿卿我我的「佳話」，家在哪裡，心就在哪裡。

一〇七年六月十二日
《聯合報》家庭版

《英美文學名著賞析》
（文鶴）

男人的衣櫃

衣櫃對男人似乎沒那麼重要，從小一向認為衣櫃是母親的「百寶箱」、「花花世界」、「納尼亞傳奇」，反正我不愛打扮，衣服也不多，在家裡衣櫃，只是插花而已；婚後樂得和母親、妻的衣服垂掛並列，相「衣」相偎。

家裡的衣櫃分三期，第一期是訂做；尤其新家裝潢貼牆做的大衣櫃，沒幾年就毀於白蟻侵襲，殊為可惜，由我負責拆除。第二期買現成，價格較便宜，但高度和天花板沒有辦法剛剛好，空間就放雜物。第三期是組裝，由妻訂購，由我組裝，工程浩大，包括放內衣的八斗櫃，常弄得汗流浹背，只剩下穿著內衣褲在客廳鑽鑽敲敲，按圖拼裝。及至第三期，我才覺得自己不是只會出張嘴的男孩，而是能做出成品的男人，不再是「百無一用是書生」；看著妻讚賞的笑容，自己雖是「妻寶」，但應是「寶」，不是「草」。精心DIY的衣櫃讓妻一用十幾年，十足「高貴不貴」。

家裡的衣櫃，對我而言，門雖設而常關。結婚前，全身由母親一手打理，國小、初中、高中、大學，以學校制服為主，無非白色和土黃色。那時走在鎮上的砂石小路，望向「關關難過關關過」的聯招，「打拼比打扮重要」，無暇顧及衣上的顏色。婚後，由妻子接手，衣服進入春秋戰國時期，熱鬧繽紛，老同學刮目相看：「結婚後，色彩變多，帥氣活潑。」享受妻特選的情人裝，兩人同行，妝點行人微笑的目光。逮年紀漸長，慢慢由英挺緊身，走向寬鬆自在；西裝褲束之衣架，休閒的運動服來臨。再來的階段，則開始將「不再穿」、「不能穿」的衣服打包，寄贈慈善公益團體。進而買來沒拆封的新衣，也捨得捐，希望吾家的舊愛，成為別人的新歡，貨暢其流，也帶來寒冬裡一點點暖流。當然一個個打包好的紙箱，由我負責郵寄。唯一缺點就是有時看照片，想穿某件衣服，發現已被捐走，只能「滄海一聲笑」。

某日，與妻在臥房談及前些時候我對外人過度熱心，對內人相對稍冷落，為了讓我體會內人的重要，突然妻目光在我身上打量：「你身上、腳底，內內外外穿的，有哪件是你自己張羅的？把我買的通通脫下來。」我尷尬站立，脫去毛帽、外套，拿下圍巾，再脫掉小背心、毛衣、運動褲、襪子，只剩白色內衣褲。「都是你買的！」我作勢脫內衣，妻噗哧笑出聲：「神經喔！穿回去啦！」可以想像再脫下去，赤條條，精光黨，連在旁的毛小孩都瞠目結舌了。

雖說是沒有專屬衣櫃的男人，全身衣物都由母親、妻照顧，此生依賴她們，也希望自己的表現「不賴」，讓她們嘴角揚起一絲笑容。今生在衣櫃裡，與母親、妻「相依相偎」，彼此「結衣裳」，更是「結心腸」；心心復心心，結愛務在深，靜水流深，在我內心傳來密湧的溫馨。

一一〇年六月九日
《人間福報》副刊

《狂鞋》（聯經）

婚姻三喻

1. 婚姻是向上的青松

婚姻不一定是愛情的墳墓，而是婚前玫瑰，婚後青松，朗朗青松，向下札根，向上延伸，撐出滿院蒼翠。

夫妻是兩棵青松，相互隸屬，長在相同土壤，汲取相同水質；並各自獨立，迎接陽光，淨化空氣；由「松苗」至「小松」，再茁壯至「青松」，松針橫披，亭亭如蓋，蔚為生意盎然的綠色火焰。

夫妻相互隸屬，組成團隊，共迎天風海雨，雷電交加，手連手，心連心，兩人世界不能沒有誰；同時彼此各自獨立，各司其職，開大門，走大路，既分擔又分享，互為左膀右臂，支援相挺，讓生活變得更「青松」（輕鬆），更有活力，關關難過關關過。正如美國現代作家安斯帕赫（L. K. Anspacher）指出：Marriage is that relation between man and woman in which the independence is equal, the dependence mutual, and the obligation reciprocal.（婚姻中男女的關係應該是：同等的獨立，相互的依賴，責任的分享。）

當然由松苗的青綠抽條，至小松的剪枝澆水，再至青松挺拔成長，需要細心呵護。尤其在彼此「向上提升」的相互砥礪中，迎向朵朵白雲，心裡只有亮光。松下兩人閒話家談，樹間啁啾鳥鳥，啼聲一道道悠然，是「柴米油鹽醬醋茶」中最佳伴奏。草地上跌落的一顆松果，則是「空山松子落」的綠意呼喚。

婚姻是擎天筆直的青松，札根札得越深，越能牢牢抓住同甘共苦的大地；昂然向上延伸，穿越歲月，由打擊至撞擊，由無知延伸至深知，延伸至湛湛藍天。

在婚姻的路上，結伴同行，松綠長青。

2. 婚姻是恩情的花園

婚姻不一定是愛情的墳墓，可以是恩情的花園，問題是「摘花容易栽花難」。

很多人婚前幽默，婚後沉默；婚前有迷死人的眼睛，婚後只有死人的眼睛，婚前是琴棋書畫詩酒花的豐滿，婚後是柴米油鹽醬醋茶的骨感，不見初心，只見粗心，當然就會一步一步走入沒有光的所在。Herbert Samuel 便警示：It takes two to make a marriage a success and only one to make it a failure.（要有兩人才能使婚姻成功，然只要一人即可使婚姻失敗。）指出婚姻的特色在於「合則雙美，離則兩傷」，要「成功」需雙方共同締造，要「失敗」，只要一人放棄即行。

在婚姻的花園裡不能築牆，要兩人一起搭橋、鋪路，一起除草、翻土、撒種、澆水、剪枝、揮汗，在「你眼神是我眼神的花園」中，光合作用，心花朵朵開，開出滿園的含苞待放，鮮豔照眼，迎風搖曳生姿。

愛情的火焰，需要添加忠誠的柴薪；恩情的花園，需要兩位園丁細心呵護。「手套帶了沒？」「要加些有機肥。」「水，不要太多。」「這些葉子要剪一下。」「哇！蚯蚓很大隻。」話題很多，貼心話更不少。

婚姻不一定是愛情的墳墓，千萬不要做「盜墓人」（小三），而要做辛勤的園丁，栽種出自家的花好月圓。沒有糾結，只有化解；沒有心結，只有感恩、珍惜與團結。

3. 婚姻是守護的堡壘

婚姻不一定是愛情的墳墓，而是守護的堡壘；墳墓只能憑弔悲哀，堡壘則能捍衛幸福。

婚姻是兩人世界，夫者扶也，妻者齊也；相互扶持，齊心協力，家事家人做，男女搭配，幹活不累。夫妻是堡壘中的神隊友、好幫手，各就戰鬥位置，相互支援。你購書查資料，我篩選消化；你出點子，我盡力而為；你提建言，我修正精進；堡壘內沒有英雄，只有忠誠，只有革命情感，只有雙贏。

婚姻是安內攘外的堡壘，口徑一致，讓彼此安心，讓「盜墓人」（第三者）知難而退。「小三，小三，要曉要刪！有小三，沒江山，提早上山、出山。」尤其老夫老妻，老來齊心，有愛情、親情與恩情，兩人同心，其利斷金；「婚姻」中所有比大事重要的小事，都是「加分」之「因」，讓堡壘更溫暖更堅固。

一〇九年五月

《中國語文》七五五期

第二輯

生活點滴

莫道桑榆晚，為霞尚滿天，橙橘亦芳馨；年歲已長，切莫氣結傷身；力求推陳出新，從「心」出發。心是人生最大的戰場，不要讓自己的戰場甚囂塵上，煙硝四起；而要轉念啟安祥，成為一方淨土，向上向善，開智開慧。

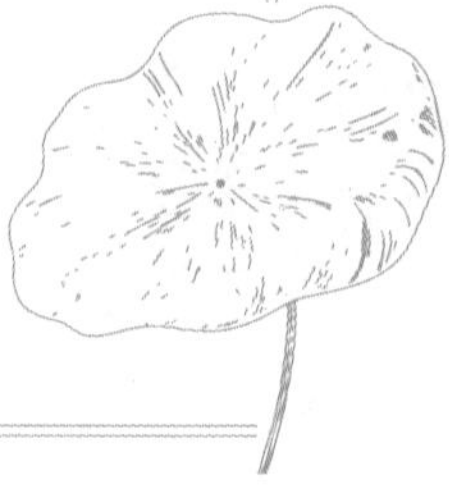

禪宗兩大師

打開人間衛視，《一代禪師》電視劇播至神秀大師在牆提上偈語：

身是菩提樹，心如明鏡臺；
時時勤拂拭，莫使惹塵埃。

師兄弟莫不交相稱許。後來由慧能大師口述，旁人代為提筆：

菩提本無樹，明鏡亦非臺；
本來無一物，何處惹塵埃？

慧能大師（六三八～七一三）借力使力，大破大立，直揭「空性」；藉由「菩提樹」、「明鏡臺」的拆解，指出外境外物，均為「空相」、「非有」，真正的「自性」清淨，光可鑑人，不沾不染。兩相對照，神秀大師（六〇六～七〇六）在山腳下行走，慧能大師縱身山巔，形若雲泥，高下立判。誠然「有相」頌，不如「無相」頌；「吾我」初探，不如「無我」究竟；由外而內，漸層漸悟，不如頓悟頓修，直指本體，探驪得珠。客觀衡量，後者境界翻上一層，立意更深，自然脫穎而出。

重新審視神秀大師偈子，就禪詩意象而言，以「樹」喻「菩提」，葉葉均「菩提」點染；以「明鏡」喻「心」，別有「鏡照覺察」、「鏡花水月」的暗示；以「塵埃」借喻，可以指「煩惱」，也可以指涉種種「色相」；三個意象平易清新，明白可誦，確實是首入門的好詩。由外而中而內，由微觀至中觀終至宏觀，真積力久，豁然開朗，自能開智開慧。

就兩首偈子關係而言，正是禪詩互文性的經典範例。沒有神秀大師的「變通」在前，就沒有慧能大師的精進在後；沒有神秀大師的「前修未密」，就沒有慧能大師的「後出轉精」，青出於藍而更勝於藍。神秀大師創發「無中生有」，慧能大師再造「有中求好」，展現文本互涉的創造性。細品兩偈，兩人均詩心與道心輝映，神秀大師以「感染力」見長，慧能大師以「穿透力」勝出，共譜唐代泱泱禪師的因緣佳話，神秀大師先導之功，功不可沒。

神秀大師後離開東山寺，隱密修行。唐高宗時，聲名遠播；武則天禮敬有加，奉為「法主」國師，當此之際，講經弘法，針對「戒、定、慧」三學，加以分析提點：

諸惡莫作名為戒，
眾善奉行名為慧，
自淨其意名為定。

慧能大師又別具慧眼，再加詮釋：

心地無非自性戒，
心地無痴自性慧，

心地無亂自性定。

亦自「頓悟」根據，抉幽發微，再揭「究竟」妙諦，直指頓悟頓修，證得「無非」、「無痴」、「無亂」的「自性」本體，自能照見「空性」、「無我」的精義。兩相比較，神秀大師用語極淺，循序漸進；慧能大師用意極深，直探心源；兩者各有擅場，只是強調的重點不同，分明只是文本互涉的佳例，相輔相成，發人深醒。日後「北宗」、「南宗」各自披枝散葉，利益眾生。

《一代禪師》電視劇中，武則天詢問神秀大師當今世上高僧，神秀大師立即推薦慧能大師，胸次坦蕩，天容海色，分明超然「塵埃」之外。似此「僧讚僧，佛法興」的廓然泰然，法喜充滿，令人仰止。

燈下揣摩神秀大師的主要思想「住心看淨」，力求「凝心」、「攝心」，由此「習定」、「入定」，亦為修行方便法門。而慧能大師一再開示：「法無頓漸，人有利鈍」、「法即無頓漸，迷悟有遲疾」，正說明重頓悟，亦重漸修，熟參與妙悟為一體兩面，「法」如「筏」，渡河捨筏，不必計較「渡」得快或慢。個人因緣不同，只要能自佛法中修行活法，管他漸悟或頓悟，只要能由最深的感性，走向最深的知性，再走出最清靜的悟性，才是真正的由學佛行佛，終至樂佛樂活，邁向化境。

一一〇年五月

《中國語文》七六七期

《六祖壇經》（蔡志忠繪）

《圖解佛教》（田燈燃編著）

交友良方

星雲法師〈給青少年結交朋友的建議〉，語淺意深，是一帖交友良方。

《佛說孛經抄》中友分四品，「有友如花」、「有友如秤」是損友，「有友如山」、「有友如地」是益友。損友只有錦上添花，益友才能雪中送炭，高山仰止，謙和寬闊。益友是君子之交淡如水，損友是小人之交甘若醴。

星雲大師指出相交四要：「以德」、「以誠」、「以知」、「以道」。根據這四個原則，正可照亮交友的盲點，不會被「惺惺作態」的人蒙蔽，不會被虛情假意的人欺騙，不會被假新聞「混淆」，不會被犯五戒的人誤導，避免在交友中受到傷害。

交友「寧可正而不足，不可邪而有餘」，寧拙而正，勿巧而斜，重質不重量，以自己交友為例，同溫層的「臉友」、「網友」，常常囿於一偏之見；反觀友直友諒友多聞者，忠言逆耳，諄諄告誡，反能「佑」我一臂之力，跳出泥沼，回頭是岸，有所拉拔提攜。

泛泛之交是一時的，道義之交才是長久的。如山如地的益友，幫我看清自己，得以「自知者明」；幫我跨越自己，力求「自勝者強」。拜讀大師此文，回想四十年來生命中出現的貴人、益友，至今望風懷想，永誌心田。

星雲大師此篇，博學多聞，條理清晰，揭示由古至今的交友正途，以友輔仁，以友增智，以友開慧，實為青少年極佳的輔助教材，值得在校園內推廣，讓各級學校學子獲益良多，開展益友的康莊大道。

一〇九年二月二十一日
《中華日報》副刊

《中華文化佛教寶典》
（星雲大師總監修）

《星雲大師的光輝一結緣受益三十年》
（高希均著）

空間可以舒坦心田

疫情肆虐，人們談疫色變，全民戴口罩，勤洗手，量額溫，少逗留密閉空間；同時避免群聚感染，減少「人與人的接觸」，大伙盡量居家隔離。當疫情重磅修理全球之際，是不是提醒現代人「好日子過了頭」，該修正目前的生活方式？

自古及今，人和人相處，宜「保持距離，以策安全。」一公分的距離，是過從甚密；一公尺的距離，並非疏離。有些人群聚終日，喜好言不及義，鏗鏗然「耍嘴皮」哉；再加上煙視媚行，生張熟魏，把酒言歡，口沫橫飛，絕對是「病從口入」，病毒的溫床。尤有甚者，若常口不擇言，支票滿天飛，言多必失，拳腳相向，更是「禍從口出」。美國富蘭克林云：「愚人之心在其口，智者之口在其心。」旨哉斯言！整天喧囂呱噪，只代表「躁人之辭多」，如浪花浮蕊，靜不下來，定不下來。殊不知「吉人之辭寡」，靜水流深，寧靜少言，非禮勿言，要言不煩，言必中的。《莊子》云：「君子之交淡如水，小人之交甘若醴。」只有「淡」才能久，才能明心見性，才能覺察動靜，相待以直，相持以諒。《菜根譚》亦一再呼籲：「醲肥辛甘非真味，真味只是淡。」貪口腹之欲，聲色犬馬，進而酒池肉林，極感官之至，迄今可能皆是疫情破口；也許應嘗試回歸平淡的交際生活，回歸單純的起居，才能做自己，做比較好的自己；也唯有「淡泊以明志，寧靜以致遠」，才能回歸最深的感性與知性。尤其在疫情環伺之際，養成好的生活習慣，學會面對漫漫時光冷冷空間，學會和孤獨對話，傾聽內心的聲音，不失為「成長」、「成熟」的考驗與契機。

至於待在家裡，少逗留密閉空間，並非整天關房裡，吹冷氣，滑手機；三餐須注意飲食均衡，不可因水喝太少，得到腎結石。當此之際，也要打破囚禁思維，走向開放空間，重回大自然。誠然病毒「作弄人間」，但「空間可以舒坦心田」，尤其病毒在陽光下較難以倖存。透過戶外踏青，公園走走，肺葉深深呼吸草香，耳朵迴盪滴溜的天籟鳥鳴，欣見松鼠「恰恰恰」在樹顛叫響，閃躍枝葉間；坐看四周遠近不同層次的翠綠，迎著沁涼微風，此樂何極！慢步在公園紅土上，揮別螢光幕上冷冰冰的「確診」、「死亡」數字，深覺人們應做本分事，持平常心，改變生活型態，由繁至簡，由濃而淡，注重最基本的「養身」、「養生」；適時戶外運動，增強「有氧」的免疫系統，才是治本之道。畢竟施打疫苗，只是治標，打了疫苗之後，並非萬無一失，仍要如臨深淵，作好防疫。

同島一命，命懸一線。當生命被逼至絕境，才能體會深刻。當疫苗與變種病毒「道高一尺，魔高一丈」，人們真的要正視「好日子過了頭，壞日子就臨頭」。而佛陀教誡有情眾生要息滅「貪瞋痴慢疑」五毒，勤修戒定慧。高僧大德的處世智慧名言，也正是幾千年來的傳世之寶，迄今曖曖含光。

一一〇年九月八日
《人間福報》副刊

《圖解菜根譚大全》
（洪應明著）

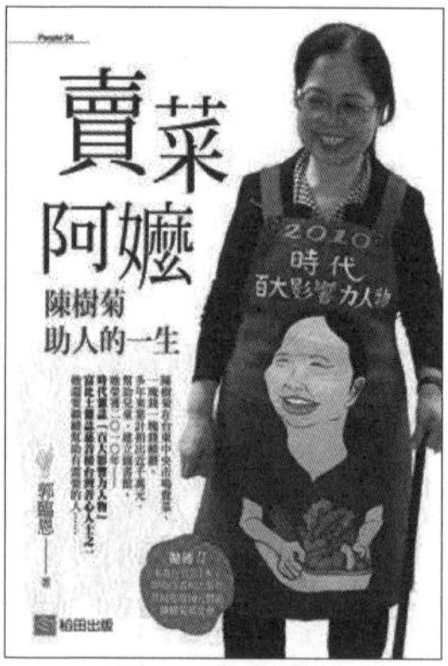

《賣菜阿嬤陳樹菊助人的一生》
（郭臨思著）

疫外之書

計畫趕不上變化，變化趕不上疫情拉高一句話。

「多待在家裡」、「人多的地方少去」、「戴口罩，勤洗手，量額溫」、「實名制，QR Code掃描」，已成生活公約。妻謂：「既然居家防疫，就乾脆把家裡弄清爽些。」眼神飄回書房。我腦門一轟：「大工程啊！」多年來「推」、「拖」的理由瞬間不能再用。環伺書房高高低低的舊書架紛紛退出，完成歷史任務。妻謀定後動，網購「長一百六十公分，寬九十公分」十二格橡木色的DIY組裝品，放置客廳。於是連日趕工，按圖施工，奮力完成。裝第一個書架時，由於說明書均為黑白，中間只要一裝錯，就重來。弄到後來汗流浹背，額頭直冒汗珠，乾脆脫了上衣，前後完成，力氣放盡，計三個小時。還好接下來幾個，就越來越有心得，越來越上手，成就感也悄悄浮現。最後，沉重的書架由我和妻一起搬至書房。嶄新書架一體成形，密合矗立，頓時暗沉書房亮了起來，整個空間也好像重新裝潢般變大了些。

再來就是解決書滿為患的問題。自大學以來，自己嗜書如命，多年執教鞭，一向自稱「三書」（教書、讀書、寫書）先生，要如何割捨？尤其有的書有自大學購置者，風塵僕僕，和我南下回新化，又跟我北上至萬盛街、師大研究生宿舍、龍泉街，最後住進現在的書房。可說是幾十年的「神隊友」，挹注知識，提升能力，指點生活智慧，面對昔日勞苦功高這一排排精神伴侶，不免左右為難。最後迫於研究方向改變，眼力體力不濟，只有在走馬燈的時光回憶中，兩手放開，裝進紙箱。

與妻合力大肆整頓，先先後後送出四十多箱，用推車推至回收地點，交由環保局資源回收的「延慧書庫」專程處理，免費優先給弱勢家庭有需要者。讓自己的舊愛，可以成為別人的新歡，何樂而不為？環顧家中各房間，包括客廳走道書架，不再擠滿塞爆。妻道：「人生的上半場追求加法，下半場追求減法。人生的上半場追求富麗，下半場追求意義。」我深表同感。那個「減法」，包括生活中的「簡法」，不再追求市場價格，而是追求內在價值。想想從小一路過來，貪多務得。殊不知人生需要的不多，想要的很多，想要的往往不必要。「想要」多玩弄光景，著相痴迷；「需要」、「必要」是歷久彌新，簡單素樸。當此之際，重新正視「生存」、「生活」、「生命」的活法，由資訊、知識、能力，最後提升至智慧，才是生命的進路。一寸時光，一寸命光，宜多加珍惜，才是當務之急，刻不容緩。

今後閱讀參究的書，宜以儒釋道經典為主，經典智慧，不廢江河萬古流，是永遠的現代寶藏。同時現代人如陳樹菊、趙文正、陳綢、王建煊夫婦等樂善行善的典範，高山仰止，熠熠揚輝，值得效法。當然生態環保的議題，生於斯長於斯，同樣要重視。世事無常，氣候異常，如電影《明天過後》，隨時逼近眼前。

回顧三個月疫情生活，把人推於生死存亡邊緣，看來疫情也是有正面啟示。對我而言，至少打破三十年來「懶得動」、「懶得割捨」的沉痾，得以大破大立，確立今後生活的方向。

真是當生命被逼至邊界，才能深刻體會，才能逆增上緣，不再蒼蠅的忙與盲。寄蜉蝣於天地，渺滄海之一粟，值此新冠肺炎，人心惶惶之際，首先自己切莫口出「廢言」，宜口吐蓮花，給人歡喜，也給自己歡喜。其次除了捐書外，捐衣捐物，捐獎學金等，都是「不能等，不能省」該做的事，不為有益之事，何以遣漫漫餘生？與其詛咒疫情，不如隨緣自在，讓自己多做些有意義的事。

一一〇年十一月三十日

《人間福報》副刊

北極熊悲歌

自出生以來，這世界就是一大片冷冷的白，厚厚的白，無盡的白茫茫。冰山加冰原加冰川，白雪皚皚，與世隔絕，也與世無爭，只要靜靜躺在深層洞穴，沒有人能察覺我的存在，尤其一身雪白，融入暖暖的洞穴裡，無憂無慮，可以把一生唱成純淨的白色之歌。

自長大後，不得不離開母親，流浪索居；踽踽獨行是我不變的身影，與孤獨為伴，寂寞為伍，為覓食而行行重行行。年輕時，冰川上老弱的海豹是舌尖上的佳餚，擱淺的鯨魚是豐富的美味。然而好日子過了頭，好景不常在。隨著冰帽溶解，冰山崩塌，冰湖越來越多，浮冰越飄越遠，美味和佳餚的蹤影不再張口可得，而是越來越稀少，集體遷移，彷彿消失不見在這極天凍地的酷寒世界。

是時間作弄人間，極端氣候改變生態。偶爾游在冰川裡，我暗暗察覺冰川底部慢慢湧入2℃的暖流。曾幾何時，以往冰原絕對穩如泰山，再怎麼追趕跑跳，都無法撼動。如今這世界變了，走在上面要小心翼翼，步步為營，怕一不小心踩裂踏空，掉落川下，弄得全身濕淋淋。萬一爬上來，再迎上冷颼颼的風灌過來，那可有罪受了。

我覓食的範圍，原本是「千山鳥飛絕，萬徑人蹤滅」，雄霸一方，極地稱王，不愁三餐。但伴隨著壞日子臨頭，鎮日一無所獲，我只好硬著頭皮走出這片白茫茫冰原，走向「千山鳥不絕，萬徑人中有」的村莊農舍，翻覓可以祭五臟廟的食物。孰料一陣乒乒乓乓，引來狗狗驚聲尖叫，村莊農舍的燈一一亮起，人們手拿長槍向我位置邁進。一看大事不妙，我三腳高兩腳低，落荒而逃。耳邊聽見人們驚呼：「是北極熊！」「怎麼會在這裡？」「太嚇人啦！」緊接著「劈哩啪啦」槍響，劃過澄澄夜空；我更是頭也不回直奔寂天寞地的冰原，才敢放慢腳步，一顆狂跳的心才慢慢定下來。

雖號稱北極之王，但我平生無大志，只想單打獨鬥，倖存於這綿延數千里的冰封雪地。生命的意義，只求卑微的生存。但如此「野性的呼聲」，何其艱難，何其微弱。永遠處在飢腸轆轆中，往往產生幻覺，彷彿看見一大群海豹在遠處海邊憩息嬉戲，逼近衝過去，只有貌似的冰塊、浮冰，靜靜流動。每天的奔走，都是「尋尋覓覓，冷冷清清，淒淒慘慘戚戚」，不斷燃燒體內脂肪，不知道下一頓在哪裡。至於飢腸轆轆的極至，便是以大吃小，物傷其類。雖然我頗以為不妥，但愛莫能助，現實就是如此殘酷，小熊還沒機會長大便告別這塊冰原。

望著眼前不斷湧現的冰湖，不斷脫落裂解的冰山，望著海平面不斷上升；我隱隱覺得岌岌可危，大限將至。北極熊沒有明天，再怎麼衝霜冒寒，遺世獨立；將在這冰山雪地中靜靜倒下，被這一大片冷冷的白覆蓋，呼呼刮起的彌天冷風將成送葬的輓歌。

彌留之際，我看見今天的北極熊，是明天的人類。而北極熊何其無辜，這一切的災難，都是人類一手造成。工廠、汽車、火力發電廠一直不斷排放廢水廢氣，製造污染，讓整個地球暖化；每下愈況，越演越劇，幾乎不管環保，謀求有效改善。試想，有朝一日當海平面上升超過3公尺，地球全面反撲，人類將一步一步走入沒有光的所在，後悔莫及。

一一〇年三月二十九日

《人間福報》副刊

假如政治人物學佛

假如政治人物學佛，不是學猴，他會更歡喜樂活，知道「有妥協才有和諧」，「要謙卑才能健步如飛」。

面對「三好」，他不只知道「3好米」的品牌，他更知道「存好心」、「說好話」、「做好事」，凡事攤在陽光下，向上向善，將有善的循環，溫暖的回流，終究能在「慈」的分享，「悲」的分擔中，化心結為團結，開拓「轉好運」的未來。

面對「四給」，心中有選民，爭取眾生利益。除了知道給對手壓力外，更知道要有雙贏的「給力」。「給人信心」、「給人歡喜」是慈悲，「給人希望」、「給人方便」是喜捨；有中求好，好中求善，共存共榮，蔚為長青風景。

假如政治人物學佛，知道有今生，有來世；洞悉有果報，將更知要「戒」，戒不忠、不義；珍惜資源，善用公帑，少欲少煩惱；要「解」，看清政治家是為下一代，化造業為造福，化心結為團結，展現文明，沒有「三惡」，只有「三好」。

共修功德大

初接觸佛法，網路上點梵音清流，聽聞師父的「早課」、「晚課」，聽多了也慢慢抓住旋律。蓮友告知：「台大體育館有三時繫念法會，因緣殊勝，可共襄盛舉。」我留言：「在家就可以聽，不是一樣？」蓮友有讀有回：「不一樣就是不一樣，真的很不一樣！」我有些不解，「現場」真的感受不同，勝過宗教台直播？

與妻到達現場，香積組師兄姊已在帳蓬下準備素齋，法寶組已將結緣善書擺列桌上任人索取。我們依指示被引至第三層空位。師姊遞來大字本《阿彌陀經》。逮師父莊嚴進場，主法高僧帶領行禮如儀，法會開始，「蓮池海會佛菩薩」響起，一聲聲一句句自上下四方前後左右合誦交湧；風動波震，匯成洪鐘大呂籠罩全身，彷佛步行在山中綿延不絕的森林，天風松濤迴蕩四周，「身口意」受到正能量的「震撼」洗禮；當下專注於佛國淨土，悠悠融入香花妙海的和諧世界；縱一葦之所如，凌萬頃之佛音，木欣欣以向榮，泉涓涓而會流，體育館內一片莊嚴祥和。原來同聲相應，同氣相求，千人蓮友佛音交響，就是加乘效果，「全體大於部分的總合」，相互提攜，向上提升，令人深深動容。

畢竟入門時共修勝於自修，親臨現場大於在家看直播。不識念佛真面目，只緣身在千人法會中，今日耳濡目染，真的「很不一樣」。

二〇一一年一月

《中國語文》七七五期

《帶著禪心去上班》（聖嚴法師著）

《佛學大師智慧語暨王子悅造像碑》（麋研齋）

善似青松

一元復始，萬象更新。重讀劉基的詩：「善似青松惡似花，看看眼前不如它，有朝一日遭霜打，只見青松不見花。」深感嫩蕊浮花，過眼雲煙；向上青松，才是君子所為。勿以惡小而為之，勿以善小而不為。人生長歲要長智，在「說話」、「寫作」上尤須唯陳言之務去，不要在泥淖裡自汙，宜更求細心、精進。

在說話上，要有自知之明，面子不能當飯吃，氣話不能當水喝。在平日雖閒靜少言，以為「大德不逾閑，小德出入可也」，有時不免「好說話」，說些沒有營養的話；不知要「說好話」，好好說話。對親友同事，有時難免失控；言者無心，聽者有意，無端生風波。

結果講話大聲又怎樣？有理不在大聲；吵贏了又怎樣？反唇相譏又怎樣？只有更激怒對方，口水滿天飛。英文中的anger和danger是「暗黑組合」，只有路愈走愈窄，走到懸崖。草就是草，寶就是寶。面子是草，裡子才是寶；氣話一陣風，貼心話才是一輩子；化「理直氣壯」為「理直氣和」，才是說話的藝術。

在寫作上，文章千古事，得失寸心知。為文不能只是有趣，還要有味；不要只會幽怨，還要能幽默；不能只求好看，更要求耐看。重看往年有些著作，我手寫我口，不知要聚焦「真的美」、「真的善」，徒尚空言，只知「文似看山喜不平」的「有意外」，不知「仁者樂山，智者樂水」的「有意義」；寫作的重點，不只鍊字、鍊句、鍊篇，更要下學上達，注重鍊意、鍊人。立意批判，用以警世，立意創新，用以益世；「文人無行」只是往下比，「日趨上流」才是由浮華至昇華，由無明至文明的境界。

莫道桑榆晚，為霞尚滿天，橙橘亦芳馨；年歲已長，切莫氣結傷身；力求推陳出新，從「心」出發。心是人生最大的戰場，不要讓自己的戰場甚囂塵上，煙硝四起；而要轉念啟安祥，成為一方淨土，向上向善，開智開慧。

一〇八年一月二十三日
《人間福報》副刊

春天的啟示

自呱呱落地，祖父取名「春榮」，此中有真意，希望我能逢春更榮，榮光煥發。及至成年，才發覺和我同名的不少，男生有之，女生亦有之，充滿期待勉勵之意。

憶及自小家道中落，如何跌落谷底，觸底反彈，逢春更榮？鳥啁啾以清啼，泉涓涓而始流，木欣欣以向榮，當時只想完成母親心願，考上師範院校，從事「春風化雨」的教職。

春光明媚，鳥語花香，淡淡的三月天，認識妻於「遠山含笑，春水綠波映小橋」的桃園復興山莊，三年後在暖暖春日，共同走向紅毯的另一端。也在春日，從崇右企專，帶回生平第一隻愛犬「張小皮」。人生的春天真的是「四給」，給人歡喜，給人方便，給人信心，給人希望。自己也另外取個筆名「秋實」，希望「春華秋實」，春天開花，秋天結果，好好春耕筆耕，持續開墾拓植，千萬不可徒尚空言，變成

「苗而不秀者有矣夫，秀而不實者有矣夫」的反面教材，切勿貪瞋痴慢，志慮不周，戒律不守，在人生的春天做了諸多「蠢」事。

「春有百花秋有月」，大地回春，萬物滋長，放眼迎新送翠，綠意盎然，一年之計，在於春，百花齊放；一生之計，在於勤。不管在讀書、工作、家事上，要做勤快的園丁，心懷春日的溫馨，長保蓬勃的朝氣，邁向「夏有涼風，冬有雪」的流轉，在雪萊名詩「冬天來了，春天還會遠嗎？」希望中，茁壯成長。

春天應是喜多於悲，但生機盎然中，仍有猝不及防的缺憾。我最敬愛的母親在植樹節捨報往生，風木哀思之餘，感嘆當時不懂佛法與養生，讓母親有更好的照顧與心靈寄託。風木哀思之餘，設立獎學金讓母親「遺愛人間」是人子可盡的責任。

四時行焉，百物生焉，春者「純」也，每個人應單純做自己，做更好的自己，珍惜時光，綻放光彩，野百合有春天，小草也有春天，萬物永遠逢春更榮，與時俱進，充滿正能量，這是「春天」給我們生命智慧的啟示。

一一〇年四月二十八日

《人間福報》副刊

卻道天涼好個秋

「秋」字為「禾」加「火」，象徵稻穀豐收，紅紅火火慶豐年的喜慶。有人從字的合成上去解，「秋」加「心」就變成一個「愁」字，充滿「離人心上秋」的美麗與哀愁。

人生如四季，少年如夏，要闖，闖蕩江湖；中年如秋，要養，養心、養量、養生，深知人心是看不見的江湖，房子若蓋在海上，必注定常飄泊；滾石不生鮮苔，要能停止向外追逐的奔馳，安定下來，曖曖內斂，緩緩沉澱，留得方寸的水淨沙明。英國詩人濟慈（John Keats, 1795-1821）在〈人生的四季〉中就讚歎秋天是人生的沉澱時光：

秋天的靈魂憩息在寧靜港灣，
他收攏疲憊翅膀，滿足而閒適

凝望薄霧，任優美事物
如門前小溪不經意地流逝。

His soul has in its Autumn, when his wings
He furleth close; contented so to look
On mists in idleness—to let fair things
Pass by unheeded as a threshold brook.

充滿金黃的寧靜，休閒的知足，美好的憩息；秋高氣爽，整個人自是「充實」的氣定神閒的秋天，已涼天氣未寒時；正是來到人生的下半場，散步詠涼天之際，洞悉「人生沒有如果，只有因果」，累積了春耕夏耘，才有秋日的豐收。」祖父將我取名「春榮」，就是一再訓勉我為人不可「華而不實」、「秀而不實」，要披枝散葉，一步一腳印，含淚播種，才能秋天纍纍結果。所以，我自取筆名為「秋實」。當然，努力半輩子，若能累積出小小的成績，也是準備「交棒」的時刻，世代相傳，棒棒開花。

事實上，來到人生的秋天，除了「養」之外，更應注重豐收中的「收」。首先，收起「爭」心，不再和別人爭得面目可憎；其次，收起「比」心，只跟自己比，能修正以往不良習氣，比公益，比意義；最後，收歸「真」心，繁華落盡見真淳，日久見人心，才知是不是真心。而「老妻」、「愛犬」都比真金還真。

走在人生的秋天，天階夜色涼如水，仰望一輪高空明月，知道自己今後的功課在「養」和「收」上，和家人優遊相聚，悠悠相知，將是情真意愜的「天涼好個秋」。

一〇七年九月二十七日

《人間福報》副刊

《英美名詩欣賞》（文鶴）

人生的下半場

人生的上半場是追求成功，下半場是追求意義。如今花甲之年，由追求亮度改為追求溫度，由追求價格改為價值，由繁華的加法改為真淳的減法。

如今站在「長江後浪推前浪」的浪尖上，縱然「遍地英雄千重浪」，縱然是「大老」或「老大」，對學生少嚴厲，多鼓勵；要給力，不要給壓力。同時傳薪交棒，讓中壯世代棒棒開花。

退居幕後，由忙碌變從容，首先將家中少看的書裝箱，寄送偏鄉國小圖書館，成為小朋友精神食糧；少穿的衣服、用不到的家電、少看的DVD送慈善團體義賣，由獨享轉為分享、共享。其次，過盡千帆皆不是，打開雙眼，要對家人更好一點。尤其對守候我三十多年的妻，要化被動為主動，多些互動，多些關懷，多些照顧，多些溫柔，不再是「越老越小」的「老男人」、「老爺」，三不五時，愛要及時。繼而，在生命的成長上，走向慧命的清淨、明澄。和妻一起至道場聽經、共修、布施，尤其要定期和諸多蓮友一起抄經，默識經義，享受充實的寧靜。最後，和「毛小孩」、「狗兒子」歡喜相處，看它快樂的吃，快樂的蹦跳，「毛起來愛上你」的舔臉舔手，堪稱「買不到的幸福」。

銀髮族也有亮麗的春天，人生的下半場，打開天窗，敞開心房，會看到美麗的夕陽，更體會要珍惜美好時光。

一〇七年四月二十九日

《自由時報》家庭版

（左起：顏荷郁、張春榮、釋慧開法師）

《生命是一種連續函數》
（釋慧開法師著）

退休原來是向前

吾輩「退休」，宜釐清兩種情況。第一，「退了」就「退了」。見好就收，當退則退；不再嘮嘮叨叨，倚老賣老，喋喋不休。第二，「休了」就「好好休」，不用再抗，不用再扛；進而「好好修」，繁華落盡見「真淳」、見「真覺」，回到更真更覺察的日子，不再忙與茫。

屆齡退休，快到「零」的臨界點，知道不管你「只要功夫深，鐵杵磨成繡花針」、「臺上一分鐘，臺下十年功」，終究時間照亮人間，上臺總有下臺時。卻顧所來徑，七十九年來系上任教，意氣風發，堪稱最年輕的「小鮮肉」，大隊接力總跑第一棒，「衝！衝！向前衝！」曾幾何時，校名、系名更新，曾教過的學生變成同事、系主任、院長、頂頭上司。而自己也變成「咕咾肉」。正是「長江後浪推前浪，遍地英雄千重浪。」人生潮起潮落，天下沒有不退潮的前浪；人生如戲，天下沒有不落幕的戲。再怎麼「喊水會堅凍」的大老，也要把位置讓出來；再怎樣「嚇嚇叫」

的老大，也要把舞臺空出來，下臺一鞠躬，不可歹戲拖棚，被晚輩指指點點。該交棒就交棒，好好交出去，千萬不要落棒。世代交替，真的沒有人是不可替代；代代相傳，沒有誰是不朽的傳奇。老朽就老朽，臨老服老，該放就放；下臺的身影要優雅，要從容，切莫讓掌聲變成噓聲，唏噓不已。

一條路走到盡頭，就另有出口。教職退下來，好處有三。首先，不必管「評鑑」，不用在「教學」、「研究」、「服務」的計點上錙銖必較。尤其不必每年在「科技部」（以前「國科會」）的「專題計畫申請」戰戰兢兢。申請過了，出現榜單，業績一件；申請沒過，臉上無光，同事雖沒說什麼，但總覺似乎矮人一截，光環大減。再加上年年申請年年沒過，真的「壓力山大」，在「一鼓作氣，再而衰，三而竭」中越來越洩氣。其次，退下來不用上專業「必修」，不用在固定科目上打轉，不用「重複的話」一講再講。口水噴多了，舊跑道玩不出新把戲，自己也覺得「沒意思」。一旦教學、研究進入瓶頸，自己體力也大不如前，真的該讓賢，換人教教看。最後，全身而退，不必再管「課開成開不成」、「授課鐘點夠不夠」，終於可以放下心來，讀自己想讀的書，做自己想做的事，當年碩博士論文，停留在遙遠的古代，真的該吐故納新，宜古宜今的加以會通。進而文史哲一家，也該由文學跨越出去，向《莊子》、《金剛經》、《六祖壇經》請益。老年是讀經修行的黃金時期，不能只是「群居終日，言不及義」，宜擴大視野，提高層次，邁向「生命的學問」，邁向「慧命的境界」，沒有糾結，讓文心與道心接軌，詞章與義理相契，另闢蹊徑，別有一番風景。

退休下來的重點，是由「放」至「養」的「好好修」。養心在靜，養身在動。養心在靜，亦即布袋和尚所謂：「六根清淨方為道」，能自淨其意，保有清靜心；讓一顆心像明鏡般，不染紅，不染藍，不染綠，不染黑，境隨心轉，明燈觀照。質實而言，天下無本事，庸人自擾之，吹縐一池春水，干卿底事？事不關己，己不勞心，高高掛起，清淨無比。八卦八卦，何須牽掛？東事、西事、南北事，何須事事分心？此即禪師所謂：「心頭無事一床寬」，「若無閒事掛心頭，便是人間好時節」。何須住海邊，管很大？尤其自古以來，很多事都在混沌中做成；是中有非，非中有是，是非關係不穩定；否定中有肯定，肯定中有否定；相輔相成，亦相反相成，弔詭糾纏，盤根錯節，並非吾輩能洞悉其中幽微。因此，修定修慧上，旁觀者清，不可入戲太深，當局者迷，深受牽累波及。同時，在養心上，宜以孔子所云：「老年戒之在得」為圭臬。銀髮族不能埋沒在金子的輝光中，應有銀閃閃的閱世高度。自公立單位退休，不能只有「自利」、「功利」。「戒之在得」，看緊戶頭，並非最佳的投資；最佳的投資，是「成之在德」，讓戶頭流通，做個手心向下的人。「戒之在得」的精義，是積德不積財，向前看，不向「錢」看，而是向「賢」看。賣菜的陳樹菊、南投的陳綢阿嬤，「男版陳樹菊」趙文正，都是人間典範。須知「得失」的真諦，是「得而無得，失而無失」。不管捐獎學金、捐稿費、捐衣、捐書，所有的「布施」，都是溫暖的「不失」；匯集成清流暖流，照亮孤單荒寒的角隅。

至於養身在動上，拒絕「心像一條龍，身像一條蟲」的久坐呆坐，亦排除「急驚風」的躁動衝動；而是尚方「保健」的樂活慢活，戶外踏青走走，散步散心。俗諺道：「寒從足底起」、「看老看腳」，腳底保健，平日宜多穿襪子，不可輕忽偷懶。而郊外「三時遊」、「半日遊」，老花的眼睛放鬆於青翠凝碧，張開的雙耳迴盪悅耳妙音鳥鳴，舒坦的肺葉深吸淺呼新鮮空氣；再加上草香、花香，尤其與妻與狗兒子同行，放眼一排排青松更輕鬆。一路散步下來，活絡筋骨，精神抖擻。前人曾謂：「一天一萬步，不必上藥鋪」，所言不虛。當然樂活樂動，慢活慢走，量力而為，適可而已。反正與散步為友，可以長長又久久。走得「太急」，不如走得「太極」；走得快，不如慢慢走，走得愉快。世上的事，沒什麼「來不及」，大不了；只有「不急來」，輕鬆愜意，自由自在。其次，在飲食上，要注意養生。好吃的東西，常常對身體不好；「舌頭會打結」、「味蕾會唱歌」的菜餚，往往高油高糖高鹽。慢慢知道「吃對的，不是吃貴的」，簡單勝於繁複，天然勝於加工；原味就是美味，清蒸勝於燒烤煎煮，當令當季蔬果勝於國外進口。白蘿蔔、牛蒡、蓮藕、苦瓜、地瓜、龍鬚菜等，細嚼慢嚥，淡而回甘，有滋有味。若問「什麼東西最好吃？」迄今的心得是「餓，最好吃」，有食慾，有吃的好心情，素菜白飯都是養生聖品，人間佳餚。《菜根譚》謂：「真味只是淡」、「至人只是常」，撫今追昔，始終有深意。飲食美學與生活哲學至此相互合拍，「淡」是「平淡」，「常」是「平常」，平淡平常，正是「真淳」、「真覺」的體現。

吾輩退休，如男人更年期；更年，不是更好，而是更新；莫道桑榆晚，為霞尚滿天；夕陽無限好，只「因」近黃昏。弘一大師開示：「一寸時光則一寸命光，可不愛惜乎？」退休，並非退下來作廢，變成「三等公民」（等吃、等睡、等死），而是「登」、「登」、「登」，亮起三顆燈；老年也可以變成寶，不要變成草。縱使不能經霜彌茂，也要提振精神，曖曖含光，迎向雲影天光。「退休」原來是向前。「退」是「蛻」變良機，在制高點是有新的察覺、新的跨越、新的境界；「休」是平心靜氣「修」改以往錯誤迷失，「修」正更有意義的方向。揮別日暮途窮的哀嘆自棄，翻轉為海闊天空的看開看淨；在由加法變成減法的生活裡，回歸「真淳」、「真覺」，善修善行。即使被按上「顧問」頭銜，也不用「顧影自憐」，而是「問心無愧」，善用一寸時光一寸命光，好好分享與分擔，堅定向前行，走一步算一步，越走越進步。

一〇八年十月

《中國語文》七四八期

《描佛·繪心·觀自在》
（良品文化出版）

《三好一生》
（星雲大師著）

一樣剪貼兩樣情

大學時，報紙只有三張的年代，《中央日報》、《中華日報》副刊是汲取精神食糧的泉源，佇足岸上，泉涓涓而始流，流成波光瀲灩；木欣欣以向榮，止可在清蔭下翻閱拜讀。宿舍桌前，拿起剪刀，剪下心儀佳篇，在輕輕的「沙沙」聲中，多希望自己也能沽心煮字，每個字都是「沙」，日後可以聚沙成塔，也在副刊園地嶄露頭角。而　本本的剪貼簿，就在一次又一次的目光巡禮中，觀摩相善，也深深體會「含淚播種，歡笑收割」、「成如容易卻艱辛」。因為大學四年，用信封裝著「爬格子」的青澀之作，並未在副刊園地開出一朵小紅花。

畢業南返，任教高中，後負笈北上，攻讀研究所，閱讀的量多了，筆耕的次數也多了，慢慢在副刊園地冒出自己作品芳蹤，如一個個小盆栽。當翻閱《人間福報》、《自由時報》等，剪下「小盆栽」，「沙沙」聲中湧起一絲絲欣喜，也督促自己「撒豆成兵、集腋成裘，要再深耕廣織，努力再努力，給力再給力。」終於，有幾篇蒙主編青睞，擺在正中主打位置，更是喜上眉梢。在「沙沙」剪貼中如聞天籟之音，順便把亮眼插圖貼上，彩色插圖加上黑色印刷體，重新「美編」，更覺賞心悅目，圖像與意象齊飛啊！每次重新翻閱，當日見報的驚喜，與要分享的情景，隱約在字裡行間浮現。雖說「家有敝帚，享之千金」，但筆耕有成的喜悅，是千金難買的心情，浮升於字裡行間，嫋嫋不絕。

兩類剪貼簿，標幟著「學、仿、創」的歷程，折射「春耕、夏耘、秋收、冬藏」的四季流轉，長溝流月去無聲，諸多剪貼簿上的文章已暗沉泛黃，但仍貼著年少的慘綠、遇挫的惶恐灘頭、成家立業的踏實，由無知至偏知，由迷霧至覺悟，一一在厚厚剪貼簿中跳接連線，連出四十年的時光，點滴在心。

一〇七年三月二十二日

《人間福報》副刊

《現代散文廣角鏡》（爾雅）

《英美文學名著選讀》（文鶴）

轉角遇見爾雅

午後騎著腳踏車，沿循斜坡的同安街，過紅綠燈，目見遮蔭老樹，蒼綠照眼；右轉，轉入清幽廈門街一一三巷，下意識踩了幾下，晃晃悠悠，在一個個盆栽的巡禮中，欣然遇見結緣四十年的爾雅出版社。

進入爾雅，瀏覽叢書編號前端，走入時光隧道，《開放的人生》、《三更有夢書當枕》、《再生緣》、《人啊人》、《左心房漩渦》、《坐看雲起》、《從你美麗的流域》等名家散文，大學時是我燈下桌前開卷有益的良師益友，賜我文山字海天寬地闊的活水泉源，這些掩卷有味的現代精品仍曖曖含光站立在我書架。

及至叢書編號的中段，《十句話》（第四集）、《爾雅極短篇》、《年度小說選》（七十三年），我由忠實讀者變成合編的作者群之一，欣喜雀躍。初試啼聲，能與好手高手眾聲喧嘩，共譜文心交響，觀摩相善，無疑在涼涼寂寂碩班生涯中打入一劑強心針。

等到叢書中後段，和爾雅的關係更形密切親近。第一本散文集《青鳥蓮花》、第一本修辭賞析《一把文學的梯子》，先後在爾雅誕生。而「爾雅掌門」隱地的鼓勵給力之情，點滴在心，在在激發我精進的意志。時間的河瀲灩波光，日後重要著作《極短篇的理論與創作》、智慧三書《世界名人智慧語》、《電影智慧語》、《中外名人智慧語》（與妻合著），如一葉扁舟，悠悠划行在爾雅的一方天地。

踏入隱地辦公室，他伏案凝慮。舉首，乍見訪客，一聲嗨，馬上起身，一張笑臉：「來！坐！」並叫小趙遞上一杯「君子茶」，兩人的話題便在寫作、出版、文壇軼聞中相談甚歡；遇山水轉，遇岸水轉，在轉彎中柳暗花明，在轉折中交換溫暖的眼神，在轉念中開啟安詳，相互砥礪；世事難料，逆來順受，順來看透。

轉角遇見爾雅，遇見文青時自己的生澀，碩班時的磨刀霍霍，任教時的堅定向前行。騎經爾雅，只要看爾雅書房亮起澄黃的燈輝，便知道隱地正在燈下守護他的《我的文學我的廟》，持志以恒，振筆疾書。而他常脫口而出的三句話：「與書為友，天地長久」、「物質向下比，精神向上比」、「我滿意我的不滿意，我不滿意我的滿意」，一直迴盪在我耳邊、心上，也成為我迄今座右銘。

回程騎在午後的金陽的巷道上，《隱地兩百擊》中的金句迎面飛來：「沒有陽光，你就把自己變成陽光，做一個讓別人安心的人。」這樣的句子，用語極淺，用意極深，小時候認為「一顆孤星，照不亮陰霾的天空」，要翻身很難；大學時，口誦「把臉迎向陽光，你便看不見陰影」，是理想的豐滿，勵志的心靈雞湯；等成家立業，為人夫為人師，深知不管現實再怎麼骨感，人生再怎麼殘憾，一定要「學會照顧自己叫成長，學會照顧別人叫成熟」，要精神向上比，由反光體升級為發光體；不能如日中天，也要做個「小太陽」，給人溫暖，給人信心，給人希望。

隱地，大隱市朝，曄曄青華，修柯成雲，自成一方風景，灑下一片清蔭。而四十多年來，我和爾雅的關係，由讀者、評者，再經隱地鼓勵，終於成為作者，也成為推薦者，推薦學生優質作品出版；共襄盛舉，穩步向前。

一〇七年六月六日
《人間福報》副刊

《一把文學的梯子》
（爾雅）

當風吹過文學的原野

大一時，邁入大學殿堂，直覺自己的渺小，渺滄海之一粟，有空時往古色古香的圖書館跑。圖書館旁的小河，楊柳低垂，黃昏時分明是徐志摩〈再別康橋〉：「那河畔的金柳，是夕陽中的新娘；波光裡的豔影，在我心頭蕩漾。」然而翻閱他詩集，最令我震撼的一篇是〈我不知道風是在哪一個方向吹〉，十三個字的長句，訴說疑惑的長度；尤其茲值「惶恐灘頭說惶恐，零丁洋裡嘆零丁」的貧瘠徬徨而言，深獲我心。載著母親殷切期盼，不知道自己這片葉子會吹向何方？飄落泥沼？飄成河面一葉扁舟？何處是歸程，長亭更短亭。朦朧中，隱隱約約深感所謂的「風」，指的是「命運」。這樣的風，是「黑色的風」、「寒風颯啦啦」。青春是一把火，一根蠟燭，隨時可能熄滅。而「往哪一個方向吹」，都是「無端」，都是「偶然」。記得電影《蘇西的世界》中，如果一開始沒有風吹走她手中的紙條，她也不會偏離回家的方向，走上不歸路。

碩一時，研究領域鎖定楚辭的神話，延伸至《山海經》，燈下細讀陶淵明〈讀山海經〉：「歡顏的春酒，摘我園中蔬；微雨從東來，好風與之俱。」充滿生動的愜意，洋溢生命的歡愉。猶如杜甫〈春夜喜雨〉：「好雨知時節，當春乃發生；隨風潛入夜，潤物細無聲。」有好雨、好風，自成生機盎然的繁茂，充滿萬物滋長的美好期待。審識「好風」的「好」字，一個「女」加一個「子」，並非生女兒、生兒子才是「好」，也非「有子萬事足」才是好，陶淵明就有〈責子〉詩；世間的美好，應是一女和一男子能和諧相處，兩人同心，不離不棄；兩人走在一起，一起走下去，執子之手，與子偕老，有你最好。逮及碩二桃園復興鄉文藝營，巧遇言笑讌讌的女子，木欣欣以向榮，風飄飄而吹衣，而和她三日談文論藝的喜相逢，風生水起，自然成紋；兩人相識相知，偶然成必然，最後走向紅毯的另一端。三十多年後，燈下與妻重看結婚照，深悟「好風」的「風」就是「時機」、「時間」，金風玉露一相逢，便是人間好時節。

花甲之年，重讀《六祖壇經》廣州法性寺的公案：

一僧云：「風動。」一僧云：「幡動。」議論不已。能進曰：「不是風動，不是幡動，仁者心動。」一眾駭然。

「風動」、「幡動」都是心隨境轉，六祖慧能撥雲見日，直探本心，發聾振聵。與他的偈語：「本來無一物，何處惹塵埃。」正可相互輝映。而一顆心就應像他禪詩所云：「寂寂斷見聞，蕩蕩心無著。」身要動，心要靜；不著外相，更不著煽動人心的「八風」，不住不取不執，自淨其心，才是法門真諦。所謂的「風」無非「外境」、「沾染」，唯有「風來疏竹，風過而竹不留聲」的「八風吹不動」才是修行的最佳寫照。因此，相傳蘇軾禪詩：「稽首天外天，毫光照大千；八風吹不動，端坐紫金蓮。」在佛印的批注「放屁」下，便臉上掛不住，趕至金山寺理論。始見一個「屁」字，就讓自己氣沖沖「衝破」，真是沾染，著字著境。屁放了，噗一聲，就過了；再屁大的事，一陣風吹過了，就過了。只有「直心是道場，直心是淨土」，真是「吹縐一池春水」，干卿底事，干心底事，何必起心動念？

當風吹過文學的原野，是「命運」的沉思，是「時機」的驚喜，所有的遭遇都是上天最好的安排，如今面對公案中「外境」的揭示，更是醍醐灌頂；原來「風」除了詩意的飽滿，更是啟發的象徵，景中有理，揭示佛法的精義。

一〇八年一月三日

《人間福報》副刊

鞋

路就在腳下，人生就在路上、鞋上。

就意象而言，鞋是人「行住坐臥」的必備用品，行走江湖，真的是「一雙鞋，能踢幾條街？一雙腳，能換幾次鞋？」（余光中）。臥睡眠，都要「上床與鞋履相別。」日復一日，年復一年，鞋成為人的借代，也成為時間的縮影，再怎麼名貴的鞋，也只是借穿而已，遲早都會磨損穿破，揮手永別。

就聲音而言，鞋和「諧」同音。遺失一雙鞋，無疑是「失諧」的伏筆。古代兒子遠行，母親會在行囊放雙布鞋，希望戰爭結束平安歸來；丈夫赴京趕考，妻也會多做一雙鞋，溫馨叮嚀，一針一線都是細細的呵護，莫忘家中村口守望的眼睛。現今拾荒婦人腳下的鞋都「開口笑」，榮民伯伯致贈自己穿過的舊鞋，當是人間相濡以沫的動人風景，足下和諧的溫暖，盼對方「一路好走」、「一路走好」。

就意義而言，將兩隻不同的鞋子穿在腳下，是「不得已」的將就，也是打破慣性的「想不到」。電影《深夜加油站遇見蘇格拉底》一開始，米爾曼自雙環翻身落地時，兩腳著地，一隻腿碎裂倒地，碎片散落一地；眼見有一個人腳穿不一樣的鞋，手拿帚把，慢慢清掃，米爾曼自惡夢驚醒。而這個惡夢是預言的示現，揭示米爾曼日後騎機車蛇行，和卡車撞上，騰空飛出落地，單腳腿骨嚴重斷裂。幸好遇見蘇格拉底，一路調教、啟發，讓米爾曼學會「人生」最重要的三個單字：Change、Humor、Paradox。Paradox（悖論）就是「對立的統一」、「亦此亦彼」的複雜。人生不是「肯定」與「否定」的是非題，而是「肯定中有否定」、「否定中有肯定」的難題，永遠一直動態變化，照見複雜幽微的內蘊。影片最後，蘇格拉底消失，蘇格拉底已內化至米爾曼身上，米爾曼展現清醒的自覺，舉手投足，與隊友建言，分明是另一個蘇格拉底。似此主題，讓人想到港片《歲月神偷》中的名言佳句：「人生就是個鞋字，半邊難，半邊佳。」難的一半，佳的一半，就是半好半壞，禍福相倚，吉凶相藏；一個「鞋」字，折射創意組合的新解。每個人都在最好的時代，也在最壞的時代；向左走，向右走，一腳走向天堂，一腳走向地獄，在衝突中妥協，在妥協中進步；一直走向充滿希望的春天，也走向絕望的冬天。

路就在腳下，人生就在路上，就在鞋的意象、象徵上；切忌一雙鞋不適合所有的腳，更不要一條路走到天黑。

一〇九年三月十一日
《人間福報》副刊

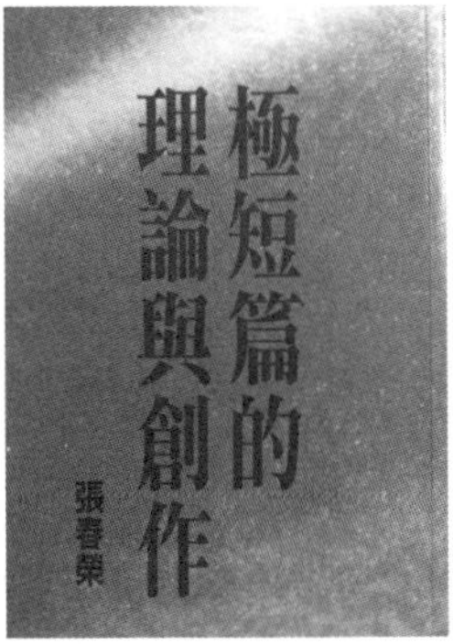

《極短篇的理論與創作》（爾雅）

說挫折

挫折是魯蛇（loser）的絆腳石，溫那（winner）的墊腳石。弱者的挫折是哪裡跌倒，哪裡再跌倒一次；跌落谷底就在谷底嘘唏嘆氣；勇者的挫折是從哪裡跌落，從哪裡站起來；跌落谷底，觸底反彈，向上攀爬。

挫折是成長的泥濘之路，挫而不折才是成熟的康莊大道。挫而必折是開高走低的打擊，挫而不折才是開低走高的撞擊，撞擊出生命的火花。

魯蛇認為挫折就是失敗，屢戰屢敗，一蹶不振；反觀溫那認為挫折是一時的，沒有失敗，只有一時失常、失手，屢敗屢戰，終將「含淚播種，歡笑收割」。因此，面對挫折不能任性，任性中沒有反省、修正、再沉潛、再精進的勇氣；面對挫折，要真誠接受，有效處理，化任性為韌性，精益求精，突破升級，層樓更上，深知「機會是留給準備好的人」，再創佳績。

挫折會讓人生波瀾起伏，柳暗花明。魯蛇是挫而必折，提早放棄，放棄夢想，沒有明天，反觀溫那是挫而不折，永不豎白旗，明天又是嶄新的一天。畢竟在人生的路上，氣度決定高度，格局決定結局。

一一一年一月二十四日

《人間福報》副刊

《語文領域的創思教學》
（萬卷樓）

方形聯想

一個方是一個「口」。人常「禍從口出」、「病從口入」，管不住自己這張嘴，信口雌黃，言不及義，口水滿天飛。一個人說話要有邊，一橫一豎都要有理，才能贏得別人敬重，所謂：「有理走遍天下，無理寸步難行。」絕對不能信口開河，講話沒邊，口無遮攔，到頭來，往往不斷打妄語，造口業。所謂「是非多因常出口」，何必自召麻煩，徒惹禍端？

二個方可以構成一個「日」。一個人心中要擁有太陽。所謂「良言一句三春暖，惡語傷人六月寒。」要常說好話，做冬天的太陽，照亮嚴寒的四周，給人溫暖，把世紀的冰河踏成暖流。不要變成夏天酷熱難擋的太陽，烈日當空，把人曬傷，則是「好心做壞事」，反成不美。需知「口說一句好話，如添一道陽光；口說一句壞話，如植一片荊棘。」所以要力行「三好」：存好心，說好話，做好事。尤其當陽光缺席時，讓自己能變成陽光。

三個方組成一個「品」。一個人做事要有格調，要有品味。要做個「有品」的善男子善女人，拒絕做「沒品」的嗜利之徒。「沒品」的人，道義放兩旁，利字擺中間，只談利益，不談公益。「有品」的人追求意義，追求行善大愛，真心待人，誠信立身。絕不「人前手牽手，背後下毒手。」拒絕「官字兩個口，吃人不吐骨頭。」凡事講究大是大非，道義擺中間，堅持「正其誼不謀其利」。

四個方合成一個「田」。要耕耘自己福田，「真、善、美、慧」，生機無限。讓自己心田水淨沙明，向下扎根，向上延伸。一個人要種愛心，要種善的種子，關心自己，也關心別人。深知學會照顧自己叫成長，能夠照顧別人叫成熟。拓植心田，讓善行綿長；不讓心田荒蕪，跳脫畫地自限；讓自己有更寬廣的格局，讓人間有更美好的結局。深耕廣拓，植樹成林，這樣的心田，是種福田，慈悲柔軟，曖曖含光。

一一一年三月十日
《人間福報》副刊

《阿瑪迪斯》狂想曲

如果當時我莫札特，不是音樂神童，並非趾高氣昂的音樂天才，而是苦練出來的資優生，只是被看好「會彈琴的人」，我就會在銳利的劍尖套上劍鞘，避免露才揚己，把自己的快樂建築在別人的痛苦上。

如果當時我是「有禮貌」的年輕莫札特，當皇帝要我彈一遍宮廷樂師薩里耶利的新曲，我就不會臭屁的說：「我已記在腦裡，不用看譜。」我更不會在迅速彈一遍之後，馬上重編加料，讓曲子的元素更豐富，讓整個曲子更流暢有變化，更悅耳動聽，然後發出狂妄的笑聲。讓薩里耶利當場難看，下不了臺。我會規規矩矩的彈完後，禮貌性的點頭致意，然後說：「不錯。」讓薩里耶利有面子。

其次，在酒吧彈奏時，我不會譁眾取寵，故意誇大模仿薩里耶利彈奏鋼琴時的嘴臉，醜態盡出，娛樂飲酒作樂的客人，引得大伙瘋狂大笑，拍案叫絕。也不會被尾隨跟蹤的薩里耶利發現，結果火冒三丈，雪上加霜，導致薩里耶利視我為眼中釘、肉中刺，欲除之而後快，從此處心積慮在我背後下毒手。

如果當時我比較懂事，我就會收斂控制，避免樹大招風，即使和薩里耶利「道不同，不相為謀」，也知道要學會和解共生，和平相處，適時稱讚他的優點；而不是製造頭號敵人，讓自己一步步走進對方陰謀設計的圈套內，為了幾十金幣的作曲費，被對方榨乾腦汁，最後油盡燈枯，寫出了「安魂曲」，也讓自己撒手西歸，連死後埋葬在哪裡，都不可考。

如果我深知「上帝創造人才，人才打擊天才」的道理，我將學習雙贏的智慧，讓自己快樂也讓別人快樂；讓自己有舞臺，也讓別人有空間；相互成全而不是相互踐踏摧毀，結果兩敗俱傷，讓自己英年早逝，也讓薩里耶利最後進入瘋人院，永遠困在陰暗裡，不見天日。

《人間福報》副刊

單戀是一尾魚

戀愛，台語唸起來像「亂愛」，亂點鴛鴦譜，結果譜出一場「鬧劇」。

當年言談舉止被公認為「農業社會」的老土，就因為翻了新生資料簿，翻到一張相片「看對眼」，十足「外貌協會」，便擁抱戀曲二重奏。

說是二重奏，其實是獨角戲的自說自話。有女同行；只要有人在靜聽，偶爾面露微笑，便自我感覺良好。從談校園八卦，至系運的四百接力，誇誇其談，也不管對方有沒有興趣。等到學姊點醒：「人家和你約會，回來悶悶不樂。」「學弟，你們是玩真的？真的適合？你喜歡她什麼？」我如雲端跌落泥沼。自己只了解她的外表。慢慢的，我看到自己是「媽寶」；她是「爸寶」，家中唯一的女生。曾約她在南部車站見面，被放鴿子，自己在車站前，尋尋覓覓，等了一個早上，悻悻然而返。緊接著「家世」問題浮出檯面。「爸得知哥哥有女友，便到哥哥女友家出差，看看她家境如何。後來，兩人散了……」、「今晚約會取消，我爸上來找我，下次再約……」聽在耳裡，一陣哆嗦，知道自己「見不得光」。城門樓對不上火車頭。尤其步行在校園間，夜色如墨，她提起「是不是該替你介紹女朋友？」自己大感不妙。事實上，自己生命中重要時刻，如系運得銀牌、孔孟論文頒獎、畢業典禮，她都缺席。於是大四畢業，我回南部任教，兩人漸行漸遠，再加上研究所考試失利，她亦無隻字片語鼓勵。後來她大四畢業旅行，途經台南，我想盡地主之誼，特地約她六點出來吃飯，一年未見，她態度相當冷淡，隨便吃一點，七點便匆匆離去，讓我熱臉貼冷屁股，自覺多此一舉。也許她當時已另有交往的男友了。此後我們終成不再聯絡的陌生人，真正畫下句點，連普通朋友都作不成。

婚後寫作，涉及「分手」情節，不自覺依自身經驗，塑造一個「沒有魄力挑戰家世差距」的魯蛇。妻重看這些篇章，臉上三條線深陷：「你的初戀不是乏善可陳，不算真正交往？你都沒告白或帶她見過你母親呀。為什麼要加油添醋？」我辯解：「這裡面的她，不是她；我，也不是我；我只是練文筆，寫這類型的男女。」但旁觀者清的激問，冷冷直射記憶深處，也讓我重新正視分手的真相。

我的初戀應只能算單戀。單戀很真，也很蠢。所謂真相，就像蕭伯納所言：

「初戀只是有一些愚蠢和大量的好奇心。」傻傻惹人嫌，呆呆惹人厭。單戀原來是一尾魚，想來想去，游來游去，是娛也是愚；自愉愉人，也自愚愚人。在愚蠢中，不管兩人合不合；在好奇中，以為可以扮演夢幻騎士，創造奇蹟。夢醒時分，面對這般「亂愛」、「鬧劇」的苦澀成長，真的該「打開天窗說亮話」。

所謂「說亮話」，不再花非花，霧非霧，而是走出感性，揮別軟性；要追求，不要強求；照佛教說法，有緣也要有分，和前世今生有關。竹門對竹門，朱門對朱門，強摘的水果不甜，強求的緣分不會久遠。讓內心清醒透亮，在戀愛這條路上，只有清醒，兩情相悅，才能找到「因緣殊勝」的歡喜冤家，讓桃花結成正果；而非盲目「戀人」，戀人，戀人，戀久了就不見人。

單戀很少成功，一見鍾情大多是電影情節。不要讓單戀變成「擔鍊」，用一條令人擔憂的鍊子，鍊住自己，也鍊住對方，在「愛之欲其生，惡之欲其死」中，磨刀霍霍，血濺當場，傷人傷己，更傷害愛你的家人。當然愚蠢單戀並非全無益處，能夠由其中深刻覺醒，離而不迷，才能真正成長，修正當年的迷思，由誤而悟，開創更好的未來。

單戀是任性，一時的「當局者迷」，切莫「沉迷不醒」。一旦夢醒時分，旁觀者清，才認清好的戀愛是韌性，攜手共同走過風風雨雨，兩人同心，其利斷金，情逾金石。

一一〇年十一月

《中國語文》七七三期

《現代修辭教學》
（萬卷樓）

《英語修辭學（一）》
（文鶴）

石頭記

走入泰順公園，入口是一本攤開的「石頭書」，左邊刻著「敦親睦鄰，互相合作」，右邊刻著「泰裕和平臨世德，順安好景近明道」，泰順街鄰近和平東路，對聯既寫景點所在，又寫處世良方。

置身公園，涼椅上有人講話，有人獨坐和自己對話。小孩用嘻笑寫日記，低頭族用手機寫日記，長者用樂活慢活寫日記。每人都是一本攤開的「石頭書」，《紅樓夢》又名《石頭記》，每人都有自己的「紅樓」，都有自己的故事；長得好是優勢，看得多是知識，但活得好寫得好是本事。

一〇八年九月一日
《聯合報》副刊

《文心萬彩》（爾雅）

觀棋

中正紀念堂親民公園右側角隅，綠蔭匝地，清涼安靜，大樹下有石桌的座位，便是下棋區，看報紙者有之，刷手機者有之，打盹者有之，四周交織麻雀吱吱喳喳覓食，鴿了咕嚕咕嚕在草地上憩息，藍鵲滴溜溜滑音自密林間灑下，閒來無事，識與不識，棋逢敵手，就走入對弈時光。

有棋就有江湖，有棋盤就有楚河漢界，有對手就有隱隱戰鼓，不測風雲。雙方一旦對峙坐上，擺開陣式，便是「輸人不輸陣」。高手過招，旗鼓相當，車馬炮虎視眈眈。你有你的張良計，我有我的過牆梯；步步為營，步步為贏。你橫衝直撞，我拉長戰線；你斜進攻擊，我隔空炮打；你強敵壓境，我堅壁清野；不惜正面對決，戰到一兵一卒。眼看大勢已去，漸露敗相，只好甘拜下方：「老哥，高啊！」對方拱手淺笑：「老弟，承讓。再來一盤！」於是幽靜角隅又活絡起來，觀棋者紛紛聚攏過來，人就是江湖。

觀棋不語，樹間鳥音不歇盈耳，堪稱視覺與聽覺的饗宴，人生如棋，起手無回，真的謀定而後動；一閃神，則滿盤皆輸。當然對弈世界，只有輸贏，沒有恩怨，更沒有見不得人的算計；但現實世界，世事如棋局局新，務必總覽全局，斟酌再三。要做自己的主子，千萬不要做別人的棋子，尤其是棄子。觀棋不語，要做真君子，舉手無回，頂天立地，更要做大丈夫。

一一〇年二月二十六日
《人間福報》副刊

樹深松鼠競

中正紀念堂親民公園，樹木扶疏交拱，自成環狀綠頂，除了鴿子、麻雀外，樹間穿梭攀爬跳躍的隱士，就是松鼠。尤其此起彼落的松鼠之歌，如機關槍「恰恰」上膛拉把，「恰」得我和妻面對微笑，仰望樹梢密葉間。驚鴻一瞥，彼此相互追逐，從這棵樹梢一溜煙盪到另一棵，便消失無蹤。

親民公園綠色欄杆，似圓竹橫切，中有一圈凹槽，有些遊客會在一個個凹槽中放米粒，讓高來高去的隱士前來覓食。果然灰灰的身影出現，匍匐前進，小心翼翼察看四周，小小眼睛骨溜溜打轉；確定安全無虞，才拱起灰蓬蓬尾巴，前腳合力將米粒放置口中咀嚼。真是「鷦鷯一隻」、「偃鼠滿腹」，而白米幾粒，便是松鼠的大好時光，來往不驚人，成為都會公園中隱藏的風景。直覺它們是綠蔭的高人，樹間的隱士，坐在涼椅憩息，往往只聽見高空中傳來它們隱隱約約的唱和之歌，忽近忽遠，不見蹤影。或許它們正在高空密葉間坐臥，仰望藍天白雲，俯看來來往往的過客，愜意仍在。

初秋前來，看凹槽上有人放米，樹間滴溜溜鳥鳴迴響，一轉眼，松鼠已悄然捧米享用，妻近距離拍照，幾乎要碰到它尾巴，它一副老神在在模樣，彷彿說：「嗨！要把我照好看點喔。」遙想古代「樹深松鼠競，花暗竹雞啼」的和諧畫面，顯然將心比心，人與松鼠一家親。

一一一年一月

《中國語文》七七五期

第三輯

人狗相親

藹暖春陽青山茂
珠珍榮筆松鶴長

青松好輕鬆

剛移進寵物店裡，我最「迷你」。沒有取名，網站上也沒貼我萌照。店裡客人進進出出，眼光都隨老闆指點：「柴犬，可愛」、「巴哥，憨憨」、「黃金獵犬，溫和」、「傑克羅素，活潑」……。彷彿我不存在。真的「汪星人比汪星人，氣死人」、「蘇西坡比蘇東坡，差太多」。我閒閒沒事，一天兩餐，等吃等睡等奇緣。

那天下午，衣著樸素中年夫妻推門進來。寒喧幾句，老闆比向我：「雪納瑞，只有這一隻，出生兩個月。」中年妻子提及家中剛往生的「狗寶貝」小寶，眼眶不覺紅了一圈。老闆娘打開門，抱我至不鏽鋼平台。我好奇靠近欄杆，低頭瞧見地上兩隻大胖貓胡搞瞎搞，我搖搖尾巴，真想參一腳。兩隻大胖貓入戲太深，渾然忘我。眼看沒轍，只好伸伸四肢，前後左右跑了起來。中年男子直盯我奔跑「英姿」，緊抿的嘴角慢慢向上揚。老闆見狀：「喜歡就再抱一隻。」中年妻子似乎嫌我太Tiny，中年男子不假思索：「好，就這隻！」雙方成交，我正式有了狗爸、狗媽。

作為家中戶口，首先要有名有姓。狗媽問：「要不要也叫小寶？」狗爸托著我：「會混，會想到小寶。」最後，因狗爸剛出一本書叫《南山青松》，就敲定我叫「青松」，一來青松耿直好看，二來諧音「輕鬆」，越叫越輕鬆，充滿喜感。當然有時暱稱「小松」，「小松」、「小松」的呼來喊去。狗爸笑說：「小松有時是『小松鼠』的簡稱。」而狗爸秀我照片，一聽說我「不俗」的名字，旁人莫不嘴角變成上弦月。

我是喜氣的福星，以「新生命」的希望，驅散家中殘存的哀傷氣氛；以我熱情的「小舌舔功」，猛舔狗爸，狗媽笑得合不攏嘴：「很投緣，好像前輩子就是親人。」

兩人首先為我張羅住房，騰出空間，擺個遊戲場。注意狗食，剛開始要泡軟。但餵食升級，由原本兩餐改成三餐，我砸巴嘴，立馬一掃精光。狗媽直呼：「很會吃，很能吃。」狗爸頷首：「會吃是福，雪納瑞就是愛吃，就怕不吃。」正值歲末，狗媽擔心「一波波冷氣團直逼」，幫我穿上貼身新衣。只是不到三個月，這貼身新衣變成半截，快變成胸衣。狗媽不禁咋舌：「旱地拔蔥，長這麼快！」「營養唄！」狗爸也看傻眼。只是乍見我身上穿的「圖案」：「我爸超帥」，他酷酷的臉笑成十點十分。

我每天盡情吃，盡情玩。即使吃同一種飼料，都是人間美味，吃得有滋有味，意猶未盡。只要用餐時間，他們拿起橘色「慢食盤」，我便興奮異常，又叫又跳。尤其聽到粒粒倒進盤子的嘈嘈切切，如聞天籟之音，樂不可支，前腳便止不住踩踏：「喔！喔喔！」聲聲催促。狗爸狗媽嘟囔：「好啦！知啦！不要猴急。」等狗盤一放進來，我便二話不說，風捲殘雲。兩人在旁觀賞我「黑皮」神態，狗媽跟狗爸使眼色：「你看！吃得多快樂。」「是啊！真好養。」望著他們的「自以為是」，我內心直吶喊：「什麼跟什麼？餓，最好吃！」而狗媽似乎聽見我「沉默之聲」，晚上都會再倒十多粒讓我當消夜，打牙祭。我真是越夜越給力，連作夢都樂得張開嘴，偶爾打打呼。

一旦他們有空放我在遊戲場，我便如脫韁野馬，追趕跑跳碰，片刻不得閒。叼出玩具咬咬，再叼另一個，最好會「叫」的；東咬咬，西咬咬，咬狗爸的毛衣袖口，左拉西扯，讓它變形像「鬍鬚張」；再加上倏間衝跳，跳上堆高的紙箱，得意看他們。狗爸目瞪口呆：「裝勁量電池！」狗媽則一再提醒：「不要玩瘋了，小狗要多睡才長得好。」放回籠子，如拿掉電池，我靜如處子。反正我動靜兩相宜。但只要他們陪我玩，我立即動如狡兔，騎到他們頭上，愛舔他們的嘴、鼻孔、耳朵，愛咬他們手指、腳指，咬出深淺不一的齒痕。狗爸狗媽皺眉：「會痛吔！」兩人連忙戴起手套。我心裡吶喊：「舔是情，咬是愛，不舔不咬不是毛小孩！」、「家人就不要見外，別人叫我舔叫我愛，門都沒有，連窗戶也沒有。」、「不是沒大沒小，是放肆的情調，曉得你們愛我。」

每天早上，狗爸起床，循例帶我至浴室上「大小號」，再餵早餐。只是他吃早餐都和我「保持距離，以策安全」。我很好奇，他在吃什麼碗糕？不是一家人，就該「你一口，我一口」分享，何必那麼小氣？等他至書房工作，我便守候在旁。他燈下翻書凝思，伏案振筆。前任「小寶」陪他寫了十多本，我也不遑多讓。到時新書印成，放我和狗爸狗媽的「全家福」，人旺福旺，多爽啊！狗媽是夜貓子，深夜會和我來一段「晚安曲」，我乍見立時彈起，熱烈擁抱，讓一天畫下「溫暖」的句點。如果能摸摸我肚子、胳肢窩、下巴，那就棒透了！

雖然，我現在聽到電鈴聲不會叫，不像「小寶」叫得驚天動地，連對講機講什麼，都聽不清楚。但長江後浪推前浪，每隻瑞犬都不一樣，但輪到我的「小時代」來了，「青松」崛起，無與倫比。

我擁有最強大的初心，最明亮的眼睛，最純真的熱情。今生有緣相逢，有分相聚，有名分在一起，我便要「毛起來」愛上你們。肉麻無上限，綻放交會時互放的光輝，放閃照瞎，就是「一腔熱血，只獻給最愛的」。今生，我矢志「松柏長青」、「松鶴延年」，發揮瑞犬旺福的極致，也祝我世上最親的兩個人「百年好合」、「闔家平安」，和汪星人、毛小孩「永浴愛河」。大家像青松，簡簡單單向上長，心思單純，眼神相黏，過得很「輕鬆」，過得很貼心，很溫馨。茲值小除夕，狗爸撰嵌全家三人名字的對聯：

藹暖春陽青山茂

珠珍榮筆松鶴長

用來紀念，也用來祈福，讓我很開心，開開心心，過我第一個年。如今，我開始和狗爸、狗媽，走出戶外。由小公園至大安森林公園，再至中正紀念堂，沿著綠地，迎著陽光，迎著涼風，我蹦來跳去，真的好舒坦，好快活，好輕鬆！

一〇九年一月二十三日

《人間福報》副刊

奔跑吧！青松

陽光正好，一地金黃，一地清蔭。公園踏青，沒有哪隻狗不喜歡？載奔載欣，活力四射。

「久在樊籠裡，復得返自然」，迎著清風，聞著草香，聽著鳥啼，我「青松」好輕鬆，放開腿奔跑，飛躍向前衝。蓋帽的耳朵飛揚成小翅膀，搧熱的小舌笑開懷，澎澎前腳像兩隻白毛撣子，真是元氣淋漓，活力四射，連主人都感染我飛奔的快樂，一歲多的青春氣息，「狗爸」和「狗媽」在前方看得笑呵呵。

對嘛！做人做狗都要「青松」，無閒事掛心頭，公園兜兜風，好輕鬆。

一〇八年六月二十七日
《人間福報》家庭版

我家神奇寶貝：跳跳狗

我家雪納瑞，一歲以後，前腳後腳雪白修長，照相時好像茭白筍。一開始不以為意，後來發覺牠跳功一流。

剛來時，出生才兩星期，整天賴在書房床上，不肯下來。自從嘗到跳的滋味，便開始「奔跳吧，兄弟」。

客廳沙發間，寬可容膝，我與妻分坐兩邊沙發，妻坐著笑叫「小松！」即從我坐處，一躍而過，跳上妻膝，再一蹬直撲胸口，一副「我來啦」得意狀；我再叫它，一轉身又迅雷不及掩耳跳上我胸，用鼻碰手，肢體語言是「摸吧！狗爸！」至於沙發椅背，有如平衡木，牠也一蹬而上，站高高直瞄我和妻的一舉一動；有時蹲趴下來，像人面獅身，小腦袋裝著千年老靈魂，好像哲學家在思考「晚餐要吃啥？明天去哪玩？」

小松整天在家跳上跳下，跳來跳去。不管誰坐在客廳藤椅，只要不坐滿，牠便跳上來，擠在後面，享受「擠擠樂」。有時妻把牠放在我背部，牠便前腳搭肩後腿一蹬，躍上肩，再伸前腿抱住我後腦杓，穩穩站立。妻見狀，不禁拍手大笑：「爬到頭上去啦！真是跳跳狗！」與妻觀賞電影《彼得兔》，看彼得兔靈活跳上跳下，銀幕上彼得兔瞬間化成「跳跳狗」小松，不禁嘴角向上彎：「可愛啊！」

一〇八年十月二十日

《人間福報》動物行星版

追求追球

做為人，要追求而不強求；做為愛玩犬雪納瑞，就是追求追球。圓滾橘球，獵犬好逑。

對於球，我可講究。球太大，不好咬；球太小，一口咬進，沒成就感；只有中等，比我嘴稍大點，才有「王見王」的挑戰性。我追球有必殺絕技，第一，狗爸、狗媽吆喝，往上丟，我凝神貫注，騰空躍起，姿勢曼妙，用嘴一咬，球瞬間成我口中獵物，可惜沒有球門，不能投球得分。第二，狗爸、狗媽對踢，趁球踢出時，迅雷不及掩耳從旁爆衝，中途攔截咬走，讓他們驚聲尖笑。第三，在空闊草地，狗爸、狗媽示意將「微微消風」直球投向遠方。不管遠方多遠，我必像箭一樣射出，飛奔而至，將球叼回。我最愛這種「你丟我撿」的遊戲，真正的情感，不是主動，不是被動，而是熱鬧的互動。和狗爸、狗媽互動，讓我有滿滿的存在感。

我最期待狗爸、狗媽騎腳踏車，到狗公園玩，這是我大顯身手的時機。樹蔭下的空地便是「奔跑吧！雪納瑞」的舞臺。站在舞臺的起點，狗爸、狗媽樂呵呵將橘球往前拋，我必精氣神集中，下巴微抖，緊盯拋的方向，卯足全力，「秒殺」奔至；再雄姿英發，叼著球四足飛躍衝刺而回。微風在耳，兩耳在金陽下翩翩搖晃起落，閃成花白，瞬間成為舞臺焦點，附近小朋友、老夫老婦的目光全射過來。狗爸再丟，狗媽鼓掌，我一而再，再而三，如踩風火輪奔跑，風馳電掣，越跑越起勁。「哇！超厲害！」「叼著球都不會掉！」「可以上電視表演！好棒！」的聲音在我周遭響起。狗爸、狗媽輪流越丟越給力，我越跑越有力，使命必達，叼在嘴裡左甩右甩，將「獵物」甩得頭昏眼花。沒有戰場，槍是寂寞的，沒有舞臺沒有觀眾，我小松是寂寞的。

不過，當狗爸、狗媽叫我把球咬回，即使拿狗餅乾跟我換，我不太樂意。我常咬至他們附近，保持距離，以免戰利品被拿走。狗爸大嘆：「有球便是娘。」狗媽笑說：「連你叫不動，可見牠多愛球，前輩子說不一定就是職業球員。」沒錯！球是我的最愛。記不得狗爸、狗媽何時發現我有天賦異稟，一球在口，其樂無窮，只要天天有球玩，就心滿意足，夫復何求？既然叼住，就絕不鬆口，狗爸、狗媽拿我也沒轍。喜歡是淺淺的愛，愛是深深的喜歡，說不給就不給。最後，他們也看出我的罩門。狗爸、狗媽會再丟另一顆新球，我必閃電般追至，只是咬了新球，忘了舊球。狗爸、狗媽看了拍手大笑。誰叫我愛玩球，記性差呢，伊索寓言裡就有這樣的故事。

其實，我的快樂很簡單，只要能在家玩球追球，就很高興。即使在公園玩同樣的遊戲，我也「追！追！追！」百追也不厭倦，樂此不疲。人生真的不用過得那麼複雜，我只要眼中有狗爸、狗媽，三不五時出來「追趕跑跳碰」，活動筋骨，奔馳草地，就充滿正能量；乘興追球活像一條龍，盡興而返躺一條蟲，就是個爽！何必拿明天的烏雲來遮住今天的陽光？知足常樂，便是最高指導原則。防疫期間，不能出國玩，就在國內玩；不能至遠方祕境，就到附近公園逍遙散步，呼吸新鮮空氣，步道逛逛，水池邊晃晃，有益身心，何樂不為？

至於「以球會友」，獨樂樂，不如眾樂樂，目前還沒辦法，我只好繼續追求追球，一枝獨秀。問題是「球是圓的」，哪一天會碰上神隊友也不一定。只不過狗爸看我身材這麼英挺俊帥，看看自己「半球」的小腹，也開始跳繩，仰臥起坐，讓「半球」慢慢消風。

只要狗爸、狗媽和我出遊，走在巷子，我永遠是吸睛亮點。尤其我叼著橘球，晃來晃去，迎面來的人都會眼角下垂，嘴角上彎，直笑：「太可愛了！」「太有趣了！第一次看到。」狗爸、狗媽暗自得意。古代母以子貴，現代主人以「毛小孩」貴。狗爸臉上十點十分，頻頻點頭：「生為一隻狗，能給人歡喜，讓人開顏，這就是顏布施，廣結善緣啊！」

一一〇年十月十八日
《人間福報》副刊

放真心在掌心

放我真心，在狗爸掌心。狗爸以朱槿花為背景，我以狗爸為背景，就是人狗相親，今生相知相守。平常狗爸只要嘴巴抿起來「嘖嘖」作響，我便轉臉親過去，放閃啊！自從和我在一起，狗爸話變活潑，臉常笑呵呵，有我青松，活得輕鬆，你看我是家裡的開心果。

闔家歡

不是一家人，不上一鏡頭。三人行至大安森林公園生態池草皮，狗媽歡喜比「Yes」，狗爸抱我嘴角含笑，我則「哈哈哈」露小舌。「溫馨」三人組，狗爸超俊，狗媽超美，但仍以我小松最上相，兩撇白眉，黑桃小口，再加上白皙皙下巴、四腳，就是「天下無雙，宇宙無敵」的小帥哥！

狗味相親

人與人相濡以沫，人與狗相薰以味。

家中養狗三十四年，從馬爾濟斯、比熊、博美、雪納瑞、米克斯，先後在家中扮演重要角色。朝夕相處，布鞋、舊外套、舊毛毯，都有牠們臥過、躺過的痕跡。原則上，牠們一星期洗一次澡，主要由我負責。剛洗完，家中飄散狗專用沐浴乳的淡淡芳香，當此之際，擁抱入懷，聞起來舒服，摸起來賞心悅目。妻每以「狗爸」笑稱。而與家中毛小孩的薰習氣味，一日走在公園、運動場臺階，便默默「洩底」。在公園涼椅憩息，走過的「汪星人」便靠近我布鞋聞它一聞。一次傍晚，坐在臺大運動場臺階看場內打球，一隻米克斯便如見好友般跑過來，蹲坐在我旁邊，好像跟我很熟。妻看了，笑得樂不可支。真是「人親不如狗親，狗親不如氣味親。」

一〇九年十一月二十六日

《人間福報》副刊

與狗同行樂悠悠

夏日炎炎，最能讓人消暑樂開懷，是黃昏時牽著「毛起來愛上你」的毛小孩，漫步在「都市之肺」的森林公園，涼風習習，肺葉舒服翕張吐納，眼見小松載奔載欣，雀躍向前。妻謂：「看牠出來這麼快樂，真該多帶牠出來。」我點頭稱是。有哪一個毛小孩不想出來「吹吹風」？

微風徐徐，親吻臉頰、手臂，那種「自然涼」和冷氣房的涼大不同。小松步伐輕盈，走在我和妻前。而後沿循步道，行經鳳凰木、香楓、黃雀榕、松樹，游目騁懷，走走又停停，或在舞台前的木椅歇息，或在清蔭下，妻拿出野餐墊，鋪出一方天地，可以喘口氣，喝喝水。

與妻聊聊生活的「停、看、聽」，在人生下半場，要懂得「閒」字，身閒，心也閒。閒並非什麼都「不動」，而是「身要動，心要靜」；心閒自然靜，心靜自然涼。而小松吃完妻犒賞的狗餅乾，心滿意足趴在墊上，微微吐著小舌頭散散熱，兩隻耳朵像雷達，忽然伸起轉動，接收四面八方的音響。眼觀四周，蜘蛛在沾著陽光的枝葉結網，松鼠倏忽在樹枝間爬過，大冠鷲在草叢靜靜佇立，四腳蜥蜴自落葉中迅速爬逸。遙望人工湖的叢林上空，白鷺鷥翩翩飛翔。真是「偷得浮生半日閒」啊！

蹓躂在公園裡，最親切的插曲是「相逢何必曾相識，同是天涯愛狗人。」素昧平生的男女，會低頭瞄瞄小松，問道：「這是雪納瑞嗎？」我和妻報以點頭微笑。迎面有狗主人帶著秋田晃過來，妻眼睛一亮，直呼：「好可愛！」狗主人立即嘴角向上彎，話匣子一開，「狗經」就全面出動，真是「人不親狗親」哪！

萍水相逢，就因「汪星人」綻放交會時互放的光亮。夏日黃昏，與小松同行，牠放風，我和妻放鬆，再和愛「汪星人」的狗主人廣結善緣，一兼三顧，真是暑氣全消樂悠悠。

一〇七年八月二十八日
《人間福報》副刊

書香與狗香

新婚時，一切從簡。室雅何須大，花香不在多。但對於「讀書、教書、寫書」的我倆，書房自然應運而生。一方天地，擺上兩張桌子，便可中西合璧，遨遊書海，綻放交會時互放的光輝，十足的書卷夫妻，相互提攜，有跨界，才有新境界。

只不過「家是談心放鬆的地方」，一個開卷，一個掩卷，眼神一搭，不免「柴米油鹽醬醋茶」起來。有見於難免互相干擾，妻偶爾改在客廳研讀，讓我坐擁文山字海，致力「三書」生涯。三十多年來，相互切磋，與妻在這一方天地共同筆耕十三本。

問題是老舊公寓，前棟後棟往往裝潢不斷，噪音擾人。有時主臥房附近囂吵，書房較安靜。妻認為「不被吵的地方就是天堂，小確幸」，於是撤去一書桌，擺進一張床，午睡時至少可以補眠一下，成為小小的避風港，發揮支援功能，一晃經年。

隨著毛小孩進來，妻和我面面相覷：「毛小孩要住哪裡？」二話不說，眼光都朝向書房。從此，書房多了不鏽鋼的狗屋，由狐什、比熊、馬爾濟斯，再至雪納瑞先後變成「伴讀」小王子。小王子口腔期時，坐墊、偶然書架上能「掀扯」出來的書，都有牠「愛咬」的痕跡。當然，一歲多後，就變斯文了。俯案振筆疾書時，椅子常坐一半，雪納瑞便一蹬，跳上身後椅子上「取暖」，共享溫度。妻進來直笑：「書窩變狗窩！」我嘴角向上彎：「金窩銀窩，能貼心的地方就是好窩。」當時出的書是《南山青松》，小王子跟著取名「青松」；而小王子伴讀的最大好處，讓我不會書看太久，偶爾要觀察牠的萌態活動，生活變得輕鬆些。

欣逢豬年，新北元宵花燈「掌上明豬」，念及妻生肖是豬，我是馬，再加上毛小孩這一路相伴，遂撰一聯，貼在書房門上：

豬事轉念犬納瑞，馬首昂揚雪迎春。

管它書房不像有些同事的寬敞明亮，變成混搭的「米克斯」（Mix），但置身其中，有書、有桌、有床、有狗的地方，便是生活的芬芳；書香、狗香，尤其雪納瑞剛洗完澡，滿室生香。

一〇八年三月十二日
《人間福報》副刊

狗寶貝的真情告白

不是一家人，不進一家門。當狗媽抱著我踏入這家門，對於迎面而來的狗爸，我就擔心害怕。他一副苦瓜臉，直嫌我長得像黑麻糬，還好第二天起，我就以活潑好動，讓他出現微笑曲線。

對於飲食，自己一向照單全收，快速掃進無底洞的深喉嚨，搏得「大胃王」美名。飯後沒事，我喜歡仰躺補眠。尤其讓自己身體完全攤開，再任意扭轉擺動，在沙發上呈現「人體工學」的極至。這時，狗爸溫暖的手掌貼在我小腹，熱力交流，我立即呼呼大睡，連帶打起鼾聲。至於躺在棉被上，攤成一個大字，更是舒服到雲端。狗媽嫌我姿勢不太雅觀，但我毫不在意。人生就是圖一個「爽」字。

下午出去放風，是我一天快樂時光。我會手舞足蹈，暴衝門外，讓狗爸在後氣喘噓噓追趕。只要有放風機會，不管是不是身體不舒服，我都堅持要出來，接受陽光的洗滌，同時展示身穿「洋基」四〇號的運動服造型，讓路過行人對我投注目禮。至於沿路遇到同類，不管棕黃皂白，我一定先聲奪人，展現「有青才敢大聲」的挑釁囂張。狗爸一直勸我收斂點，迅速把我拉開。雖然百般不情願，我也只好算了，有嚇到就好。狗爸一直抱怨：「這麼兇，怎麼聯誼？」我懶得理他。只有乖乖對罵不還口的小狗，我才有點興趣。

坐擁家中城堡，我是最佳「監護人」，成天監視狗爸一舉一動，如影隨形；並且守護國境，我全身神經布滿雷達，有人按門鈴，必定從沙發彈起，風馳電掣，從臥處猛衝門口，驚聲尖叫，全然不理會狗爸吆喝制止。至於對侵門踏戶的鼠輩，我全力趕走，我如福爾摩斯，完成「狗拿耗子——不是多管閒事」的壯舉。

不過貴為「英雄」，也有「狗熊」的時刻。只要救護車催人心肝的嗚笛響進耳膜，我會嚇得仰天「長嘯」，發出「嗚——嗚嗚——」高頻率叫聲。狗爸笑我「惡人沒膽！」。我另外真正的死穴，就是害怕再被遣返送走。來這家前，我已「流浪」兩家，一家嫌我「聲如洪鐘」；另一家嫌「戰鬥力太強」。還好這些瑕疵，是狗爸可接受的「特點」。至於閒來無事，我會試試「嘴上功夫」，把扭緊的瓶蓋打開，把書架的外層皮掀開，把梳子咬得滿目瘡痍，順便偶爾冷不提防，咬一下狗媽的後腳跟，讓她也驚聲尖叫，增添生活樂趣。不過狗媽一向對我以德報怨。最近把我珍貴照片貼在臉書，供人點閱。點閱率已直線上升，人氣指數飆高，頗有明日之星的味道。

進了這家門，命中注定要愛上這其貌不揚的男人。我取名「小寶」狗爸認為是「家有一少，如有一寶」，狗媽說分明就是金庸《鹿鼎記》筆下胡天胡地「韋小寶」，反正我海納百川，只在乎狗爸對我的感情，開低走高，漸入佳境。對我的依賴，愈來愈深，哥倆好，一對寶。現在狗爸帶我放風的次數，由下午的一次，加碼成晚上再一次；有時三次、四次，我都捨命陪君子，展開「對大家都好」的親子活動。狗媽在家，老愛對我摟摟抱抱，東摸西摸，只要在「合理範圍」，我都寬弘大量的接納。她覺得我黑白相間的毛髮，搭上粉紅上衣，穿出去亮相，特別拉風，我也隨她擺佈，而狗爸每過一陣子就抓我到浴室洗澡，動作既不溫柔又粗魯，我百般不願意。但想到「低頭天更寬」，我只好任他在身上搓來搓去，誰叫我雪納瑞是他們「帶毛的兒子」，納福添瑞，吉星高照！

活到現在，我深深體會「生命要互動，才有感動」，一輩子很短，讓我們將心比心。狗爸封我為「五等」達人，每天「等吃」、「等出去」、「等被摸」、「等鈴聲尖叫」、「等趕老鼠」，行程滿檔，忙得不亦樂乎。狗爸媽的生活，因我而充實豐盈，我「怪老子」的尊容，也因他們照顧，更顯英姿勃發，挺拔帥氣。身為獵犬，我將秉持祖先優良傳統，守護這個城堡，成為他們最佳鬥士。我準備今生今世跟他們一起，向「人生」取經；逢山開路，過水搭橋，相互扶持，共同邁向「不能沒有你」的美好未來。

一〇九年三月

《中國語文》七五三期

第四輯

學海憶評

一家人，要與「真」同行，與「善」同行，同行而同心；我們與「惡」的距離，就是我們與「地獄」的距離；冤家宜解不宜結，有心結一定要化解，不要留到地獄審判，回頭是「暗」。

風動波振，郁郁燦發
——紀念陳滿銘教授

陳滿銘老師，桃李春風，植樹成林，長年開拓建立章法體系；攬轡總源，披枝散葉，以《國文天地》推廣深化，以「章法學」論文和中外學者交流對話，以套書策畫提攜玉成青年後進；經緯交織，十字架開，形塑連延廣闊的蔚然長青林，競綠賽青。徜徉林蔭深處，滿目生機照眼，遙望陳老師經霜彌茂的身影，獵獵迎風，猛志前行，自是「勇猛精進不退轉」的氣魄；尤其帶動章法學團隊，更是「面的擴大」、「整體的把握」，旗幟鮮明，無出其右。

始識陳老師於一九八八年博論口考現場。老師針對《姚惜抱及其文學研究》，客觀評析論得失，並指出我應在「章法」上補強。我點頭稱是，當時聞之，靜若響雷。畢業後任教警察大學，老師萬卷樓出版的《作文教學指導》（一九九四年）、《文章結構分析》（一九九九年）等，均為我「積學以儲寶，酌理以留才」的源泉活水。

兩年後，轉任臺北師範學院語教系，和平東路紅磚道上偶遇陳老師，莫不笑容可掬，親切詢問。進而慷慨贈予大作《章法學新裁》（二〇〇一年）、《章法學綜論》（二〇〇三年）。風簷展書，燈下細閱，二書均鎔古知今，斐然可觀；誠開卷有益，掩卷有味；遂分別撰書評〈拓植與深化〉、〈宗廟之美〉，刊於《文訊》。

陳老師，望之儼然，即之也溫；像冬天太陽，暖心暖目，給人歡喜，給人信心；對學生愛護有加，即使論文並非他指導者。一九九八年八月，三民書局《大專國文選》擬舊版新修，陳老師找我、陳清俊、王基倫合撰。陳清俊擅長古典詩，王基倫專攻古文，我負責現代文學；三人雖非陳老師指導的博士，但陳老師提拔重用，一視同仁。緊接著《五專國文》三冊，亦在老師領導下，全力以赴，終底於成。二〇〇一年起，高中開放「一綱多本」，各家爭鳴。陳老師洞燭機先，策畫「高中一綱多本國文教材點線面」八冊，針對不同主題（義旨、章法、文法、修辭、風格、新型作文、閱讀），加以分析比較，統合整理，深入探究。隨後策畫「國中一綱多本國文教材點線面」，計分義旨、章法、文法、現代文學、教學評量六冊。撰稿者均為陳老師教過指點過的博士，彼此銜命戮力，各展所長，使命必達。我的

《修辭新思維》、《國中修辭教學》也就在陳老師運籌下，應運而生；而我對修辭的關注，亦由「修辭學」轉至「修辭教學」。

陳老師既開風氣又為師，鼓動風潮，理論與實務同步進行。逮及二〇〇六年，登高一呼，群起響應，成立「章法學會」，舉辦第一屆「辭章章法學學術研討會」，開未有之局。論文議題除章法外，會通文學、哲學與美學，可說海納百川，群巖競秀。我躬逢其盛，觀摩相善，擷長補短，多所裨益。自第一屆至第十二屆辦下來，可謂群賢畢至，老少咸集，而我在陳老師囑咐下，當主持人者有之，講評人者有之，發表論文者有之，是鍛鍊也是磨鍊。如今洋洋灑灑，結集成十二冊「章法論叢」，交出可觀的成果；比起其他學會，可說有過之而無不及。自此，和陳老師的互動更為頻繁。尤其二〇〇七年回師大國文系兼任，我也成為陳老師指導研究生「口考委員」的常見名單。藉由論文引證提點，「章法兼用」靈活分析，「章法結構表」繪製，學術論文「宏觀、中觀、微觀」統攝，未來研究展望等；得以有更深入的體會。同時，我與萬卷樓的關係，也在陳老師引薦下，層樓更上，由讀者、作者，最後一躍為股東。妻也相繼成為股東，共襄盛舉，支持文化出版事業。而我《名家極短篇悅讀與引導》（與妻編著）、《作文教學風向球》、《現代修辭學》、《語文領域的創思教學》等，均交由萬卷樓出版。

陳老師一生懸命章法學，建構章法理論，自修辭視角觀之，卓然貢獻有四：

第一　文學與文化接軌

立足「文字、文學、文化」的條貫上達，陳老師涵泳傳統易傳與道家思想，結合現今美學，洞悉「辯證性」，建構其《多二一（〇）螺旋結構論》（文津，二〇〇七年），照見結構中「對立統一」、「質量互變」、「相反相成」的複雜幽微，並彰顯「層次邏輯系統」的變化，體現文化底蘊的綜合考察。其中「層次思維」的揭示，「層次律」深刻掌握，正是抉幽發微，熠熠揚輝。

第二　挹注篇章修辭

歷來修辭，注重字句修辭，忽略篇章修辭。陳老師章法學，條分縷析，綱舉目張，由常見三十二種，擴充至一百六十種；進而化繁為簡，化個性為共性，歸納章法的「四大家族」（圖底、因果、虛實、映襯），分見其《章法學綜論》（萬卷樓，二〇〇三年）、《篇章結構學》（萬卷樓，二〇〇五年），可謂執中居要；補足「篇章修辭」的空白。四大家族中，我曾和陳老師討論，當以「因果」最為重心，可以延伸至小說、電影及人生上。

第三　拓植篇章意象學

陳老師意象學，以「意內象外」為核心，偏重作者論與作品論；由作者之「意」（情、理）、作品之「象」（景、事）相綰融合，建構其《意象學廣論》（萬卷樓，2006年）、《篇章意象學》（萬卷樓，二〇一一年）。書中多以古典散文、詩詞為考察，剖析意象「互動與聯貫」、「組合與邏輯」、「主題與風格」、「統合與美感」的綜合運用，並留下「象徵」的探索天空，供讀者論再加延伸發揮。

第四　擴大章法領域

陳老師由章法中「分類、分關係、分層次」出發，歸納演繹，整合鍛接，邁向「有跨界才有新境界」的領域，打通章法「螺旋結構」、「完形理論」、「思考訓練」、「意象系統」、「內容結構」、「篇章風格」、「修辭藝術」的任督二脈，展現更大的格局。其《比較章法學》（萬卷樓，二〇一二年），更顯視野的開闊，與研究的高度，超越前賢，無怪乎被列為《中華名人大典》、英文版《世界專業人才名典》、《二十一世紀二千世界傑出思想家》，可謂實至名歸。而老師亦希望我往「修辭比較學」、「修辭哲學」邁進。

陳老師集《國文天地》總編輯與萬卷樓董事長於一身，仍不歇於電腦前敲打著作。近年我有空或至編輯部交書稿，便往董事長辦公室和老師聊學術，話近況。老師無不精神奕奕，談笑風生。三十多年來，有幸在老師身旁目睹其為人處世，堪稱「三謙」典範：對長輩謙恭，對平輩謙虛，對晚輩謙遜。每次離開時，陳老師都親自送我至門口搭電梯，我受寵若驚，請老師「止步」，老師永遠面露溫暖微笑：「我順便走走。」電梯來了，步入電梯和老師道別，心中悠悠浮起西洋哲學家摩爾的名句：「對晚輩謙遜，是高貴。」老師高貴行誼，善歌者使人繼其聲，善教者使人繼其志；注視老師偉岸俊朗的風姿，誠高山仰止，心嚮往之。

陳老師根茂實遂，膏沃光曄，花果蔚蓄；交拱成郁郁菁菁，綠意滿眼的長青林。置身林蔭深處，萬籟有聲，念及雲山蒼蒼，江水泱泱，哲人日遠，今後無法再向老師請益，不免悵然惘然。而老師在我成長之路上的叮嚀，親切敦厚；有教誨，有示範，更有引導與啟迪；恍如林蔭高處松濤耳語，清響我心，久久不絕。雖說因緣流轉，無常是常；幸好書在人在，老師的「智慧結晶」足以閃耀光輝，召喚後學，照亮莘莘後輩的眼睛；追隨效法，堅定沉穩向前行。撫今追昔，逝水流波；望風懷想，暮靄紛紛，僅撰小聯，以表永懷：

滿溢墨香成砥柱，

銘刻薪火自芬芳。

一〇九年四月

《國文天地》第三十五卷第十一期

《章法結構：原理與教學》（陳滿銘著）

經霜彌茂的身影
——紀念王更生教授

一、學術因緣

人生沒有如果，只有如此；學術因緣沒有如果，只有相反相成的因果。作為王老師的學生，不可不熟讀《文心雕龍》。碩士班時，老師看我未曾在「體大思精」的古典原野裡，一窺文論的根茂實遂，便要我至東吳城區夜間部，聆聽《文心雕龍》，再求精進。所謂「雕龍雕神，雕金雕心」，無非希望厚植古典學養，為山因陵，日後方能深耕廣織，有所開展。

猶記當時住師大分部研究生宿舍，傍晚時，搭欣欣客運二五二前往，在小南門附近下車。簡單用餐，找到東吳夜三樓層，坐在教室後面，飽飫老師氣定神閑的高義，性情流露的笑貌，大體對「知人論世」的作者論、「以意逆志」的作品論與讀者論有初步認識。至於「文原論」、「文體論」、「文術論」、「文評論」的精妙，則知焉未詳，遑論能「因其所言，會其所未言」。然而，商量涵詠，卻沉迷於《文心雕龍》本身的形音義之美，感知劉勰多音複旨的美感興發，擁抱經典美文的無邊魅力。口維心誦之際，舉首照見小南門黃昏時的晚霞滿天，東吳夜空的星光燦爛，深覺「在我頭上，群星之天宇；在我心中，文心之燦發」，在俯仰與前瞻的摸索中，更加體現『頭頂上不能沒有一片藍天，心田裡不能沒有文學的美感與質感』，成為當時最鮮明最幽微的撞擊與感動。

民國七十二年，老師推出《文心雕龍讀本》，誠為有志探驪得珠的善本；打造「壯麗」、「精約」、「遠奧」、「典雅」的《文心雕龍》，為「化難為簡，化深入為淺出」的親切步道；清除路障，形塑「開大門，走大路，泱泱有大度」的顯豁進徑；得以據此登堂入室，一探傳統文學理論的宗廟之美。此書標明「注譯」，看似即「注解翻譯」而已；然而郭鶴鳴和我在校對時，深深領受「不言之教」的文學洗禮。書中「解題」、「注釋」、「語譯」、「集評」、「問題討論與練習」，在在展現老師綜合會通的再創力。其中「解題」之精要，「注釋」之明晰，「語譯」之簡潔，正是「淺顯文言，精鍊白話」的具體實踐。細數老師攸關《文心雕龍》的專著，依序為《文心雕龍研究》（1976）、《文心雕龍導讀》（1977）、《重修增訂文心雕龍研究》（1979）、《文心雕龍范註駁正》（1979）、《文心雕龍研究論文選粹》（1980）、《文心雕龍讀本》（1983）、《重修增訂文心雕龍導讀》（1988）、《文心雕龍新論》（1991）、《文心雕龍選讀》（1994）、《中國古代文學理論的秘寶：文心雕龍》（1995）、《臺灣近五十年文心雕龍研究論著摘要》（1999）、《歲久彌光的龍學專家——楊明照教授在文心雕龍學上的貢獻》（2000）、《文心雕龍管窺》（2007），前後輝映，每一本專著都是老師凝慮用思的智慧結晶，打造出中國古典文學理論的大觀園。其畢生專注志業，由文論而文學、文化的建構探索，斐然可觀，有目共睹，兩岸文心雕龍的學者如張少康、林中明、黃維樑教授等，多以「龍伯」尊稱，推崇致敬之意，不言可喻。

二、知性書寫

在論文寫作上，老師一再強調「嫩蕊商量細細開」，未能商量舊學，如何涵詠新知？未能退而結網，如何臨淵捕魚？於是要我鑽研「金相玉式」、「富豔難蹤」的楚辭，最後聚焦於可論者實多的「二招」（〈招魂〉、〈大招〉）。於是，一頭栽入巫術民俗的神祕南方，浸染於詭異幽渺的遠征情境，斂容伏案，撰寫碩論《楚辭二招析論》（1983）。同儕乍見我論文取材，每驚謂：「你怎麼挑這個題目？這和你老師的相關指數不高！」殊不知表面上看似「無端」，其實有迹可尋。當時老師即有〈二招真偽及其寫作特色〉，收入《中國文學講話‧周代文學二》（1983），而後亦有〈招魂作者及其寫作藝術〉（2002），曲徑通幽，別有嫁接的奇花異草，迎風搖曳。

論文寫作過程，接受老師指導的「震撼教育」，體會「二不」的嚴格品管：第一，不得游談無根。徒尚空言，最為禁忌；言必有據（人證、事證、物證），力求沉穩真實。第二，不得過度詮釋。推論引申，不宜「想當然」；論斷必求嚴謹，力求縝密精準。從此，揮別當年酷愛現代文學創作的習性，剝落磨光，走入文言書寫的新世界，一掃「常識」、「性情」的率爾操觚，直指奠基「知識」、「學養」的一步一腳印。

考博士班時，請教老師有什麼題目可做？老師告以西漢劉向，可自「經學」、

「子學」、「史學」、「文學」、「目錄校讎學」分別加以探究。考上之後，深覺五大項中只有「文學」（散文、辭賦）略有體會，其他則力有未逮，難以勝任。於是，再請教老師，老師謂民初梁啟超吐故納新，汪洋一片，頗值得研究。可惜沒多久，得知政大博士生已有人正在撰寫。和老師再商量，老師沉思良久，徐徐告之：「就文論、文話的延展、積澱而言，清代桐城派仍有開拓空間。」自此，義無反顧，鼓起勇氣，大步邁向「言之有物」、「言之有序」的文章義法，最後鎖定姚鼐為研究對象，困學勉行，撰寫《姚惜抱及其文學研究》（1988）。似此題目，現今多定為《姚鼐文學創作觀及其實踐》。論文完成之際，最大的領會有二：第一、自《文心雕龍》至唐宋八大家，自成淵源；由唐宋八大家至明代八股文（時文），由明代八股文至清代桐城派；同源異流，承繼開展，各有彰顯，各有遮蔽。茲事體大，非全力投入，真積力久者不為功。凡此研究，顯然相當需要「面的涵括，整體的統攝」，才能真正到位、入味。第二、作者的文學創作觀與其作品的實踐，並不能劃等號。理論的「應然」和具體實踐的「實然」，往往有明顯的落差。亦如實際上的作者，和語言之姿中的理想作者，彼此間往往相互依違，投注折射之際，值得客觀檢視，同異比較。

當此之際，更進一步瞭解老師除了《文心雕龍》的豐碩成果之外，學涉多方，分別在「文化」、「諸子」、「散文」、「教學」、「吟唱」不同領域上各有專著。以「散文」觀之，即有《韓愈散文研讀》（1993）、《柳宗元散文研讀》（1994）、《歐陽脩散文研讀》（1996）、《蘇軾散文研讀》（2001）、《曾鞏散文研讀》（2006）等，長期投入，筆耕不輟，蔚為研究唐宋八大家的瑰寶，嘉惠後學，指引明確學習進路，頗獲好評。

三、教學所趨

論及「修辭學」，老師要我特別注意傅隸樸先生《修辭學》（臺北：正中，一九六八）。傅老師論修辭，首推陸機〈文賦〉、劉勰《文心雕龍》。書中論修辭，以「辭達」為總綱，大抵依「鍛意」、「謀篇」（布局）、「鍊句」（取勁、足氣、美麗、生動、渾全、呈巧）、「鍊詞」，再輔以防弊的「糾繆」（祛惑、疵累）。似此修辭學架構，明顯與文學批評接軌，不限於辭格，更不限於鍛字練句（小修辭）而已。

畢業後，民國七十九年任教於國立臺北師院語文教育學系，一直擔任「文法與修辭」課程。民國九十年，重讀陳望道《修辭學發凡》（臺北：文史哲，一九八九），書中分別自「消極修辭」、「積極修辭」兩大分野上展開。所謂「積極修辭」，其實包括「辭格」、「辭趣」兩大進路。「辭趣」立足於語言文字的物質性，由形音義上加以發揮。針對此，陳望道提出「辭的意味」、「辭的音調」、「辭的形貌」三類藝境。換言之，走入修辭世界，「辭格」不是唯一的探訪步道，「辭趣」是另一種尋幽訪勝的衢路；修辭若不教「辭格」，也可以自「辭趣」上掌握「認知、技能、情意」之大美。而沿波討源，「辭趣」之說，亦即劉勰《文心雕龍・情采》中所揭示的「形文」（五色）、「聲文」（五音）、「情文」（五性）。由「形文」開端，可以「燭照之匠，闚意象而運斤」；由「聲文」肇始，可以「使玄解之宰，尋聲律而定墨」（〈神思〉）；而形音義的綜合呈現，正是語文美感經驗興發的豐富進境。姚鼐〈與石甫侄孫〉指出：「文章之精妙，不出字句聲色之間」，正本溯源，自是承接「形美洗目」、「音美悅耳」、「意美感心」的書寫三性，別有會心，加以推衍。降及陳望道，直至高友工「意象」、「動感」的考察（《中國美典與文學研究論集》，臺北：

臺大，二〇〇四），可說一脈相通，相互參照，已成古今歷來共識。

事實上，回過頭來拜讀老師〈文心雕龍文術論〉（收在《重修增訂文心雕龍研究》）、〈文心雕龍的行文之美〉（收在《重修增訂文心雕龍導讀》）、〈劉勰的風格論〉、〈劉勰的聲律論〉、〈劉勰文學批評的理論與實際〉（收在《文心雕龍新論》）等，對於我後來修辭學的加廣加深，再求精進，頗多助益。

民國九十二年，陳滿銘教授找老師和我口考他指導的碩論：陳怡芬《唐宋古文篇章結構教學析論——以高中國文一綱多本國文課本為研究範圍》。我先就論文中「研究方法和理論」、「術語的統一」、「語文美感的三性」加以釐清。而後由老師針對「唐宋古文」的知人論世、以意逆志上加以縝密剖析。老師立足於唐宋八大家的專精研究，其中到位、入味的「言研究生所未言，見研究生所未見」，讓我再上一課，收穫良多。試後，談笑間，陳滿銘老師指出我在修辭教學上頗為用心，而老師希望我持續耕耘，努力向前。

四、關係與影響

生命因時間而滄桑，因空間而漂泊；師生因互動而感動，也因壓力而轉化成助力。

置身第二殯儀館至誠廳，群賢畢至，陽光照顏色。在一片佛號中，斂容拜讀老師《王更生自訂年譜初稿》（臺北：文史哲，二〇〇七），長溝流月去無聲，昔日代老師至《韓非子》班上監考、華視錄影、漢聲廣播電臺「文藝橋」錄音、陪老師去龍泉街理髮、與老師搭計程車前往中山北路餐敘途中車子被撞、在老師家中客廳言笑讌讌論文道藝、晶華酒店壽宴得見老師童年照片、教室內聆聽老師「優然自得」吟唱，全班報以熱烈掌聲，……如走馬燈般，一一閃逝。仰視雲山蒼蒼，均是物換星移的見證；卻顧所來徑，誠然蒼蒼橫翠微；頗感有意外才是人生，有意義才是王道。

俯閱老師「生平紀要」（頁八一至一七六），正是「不辨風塵色，安知天地心？」不見老師當日踽踽涼涼的身影，令人感念懷想。論及師生關係，老師對我的影響，明顯有三。第一、人生就是要「認真」。美感來自人性，質感來自知性，學問之道無他，積學儲寶，酌理富才，研閱窮照，唯其「認真」而已。走一步，算一步，越走越進步。第二、論文指導，在於「不憤不啟，不悱不發」，慈眉善目者有之，怒目金剛者有之。論文是一個人書寫的「文化的身分證」，一個人論述說理最典雅優美的部分；文質彬彬，才是正軌。老師八年論文指導的批閱、修改，直諒提點，成為我學術成長的推手；斧正的珠璣紅筆，成為我斟之酌之的醒目金石，觀摩相善的範本。第三、贈人以珠玉，不如贈人以言；贈弟子以言，不如贈弟子以專著。誠然風振於上，波動於下，老師前後相贈簽名本之《文心雕龍讀本》（臺北：文史哲，一九八四）、《文心雕龍新論》（臺北：文史哲，一九九一）、《中國文學講話》（臺北：巨流，一九八二），成為我永寶用享的精神饗宴。而「退思齋」的紅色印章，亦為我如今惕勵自抒的垂訓，直指「低頭天更寬」的進境。

老師經霜彌茂的身影，成為吾輩的學習典範。同門雋秀輩出，各承老師學問，披枝散葉，發光發熱，蔚為青綠勝景，予人青蔭。而我今後自當遠眺《文心雕龍》廣義的修辭學，因文心而道心，由片言居要至生命警策；由修辭而修人，以善歌繼聲為志，勉力為之，向學術浩瀚的彼端，持續前行。

九十九年十一月

《國文天地》第二十六卷第六期

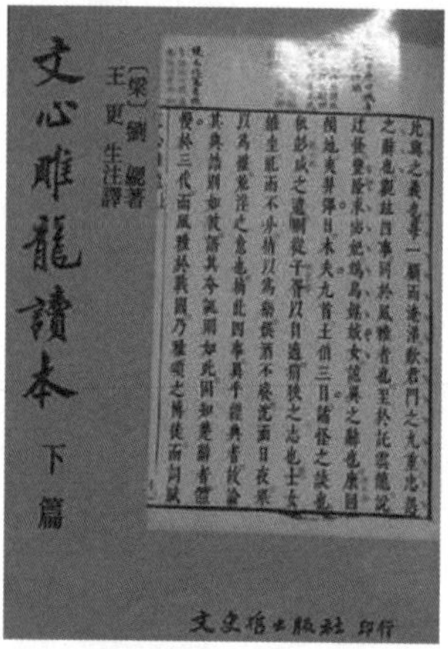

《文心雕龍讀本》（王更生注譯）

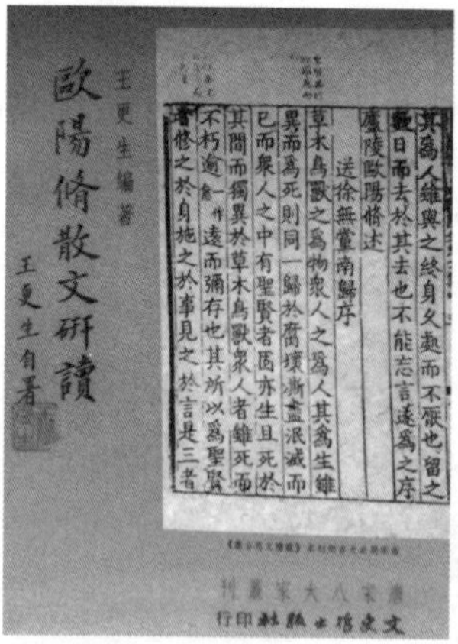

《歐陽修散文研讀》（王更生編著）

傑作中的嚮導——評沈謙《修辭學》

在文學奇瑋瑰麗的國度，沈謙無疑是博學多聞，才趣兼化的資深嚮導。出古入今，採擷中外，雲嶺名山之雄姿無不瞭如指掌，浩浩大川之脈絡無不如道家常；信手拈來，姹紫嫣紅與芊芊芳草皆精采入妙，繽紛可喜。而跟隨作者在重重傑作中尋幽訪勝，飽飫盛景；聆聽其精確分析，將是一趟洗心開目的知性之旅；又親聞其靈動風趣的解說，更使人淡忘歷來《修辭學》嚴肅風貌的壓迫感，有欣然解頤之歡。

今觀其《修辭學》（新北市：空中大學，一九九五），最大特色有二：第一、智珠在握，修訂前賢未密之處，每有新見。第二、極態盡妍，綜合剖析佳例之妙，頗為詳備。

就全書體例觀之，沈謙在辭格設立上，有所擇汰。凡未能突顯修辭之美者，多加刪除。如純粹為方言運用之「飛白」、屬於分析字形如同遊戲之「析字」則不予納入。其次，在辭格分類，別具隻眼。以回文為例，分「嚴式」、「寬式」兩類，極為便捷。「嚴式」如「離別惜殘枝，枝殘惜別離」上下兩句次序完全顛倒。「寬式」如「善者不辯，辯者不善」，上下兩句首尾字詞互為顛倒，中間則往往雷同，此寬嚴之辨，一掃以往辭書挾雜不清、混淆生惑之弊。又頂針（針亦作真），則特別提出「句中頂真」（句中片語與片語間用同一字來頂接，貌似疊字，其實字疊而語析），如「抽刀斷水水更流」即是；於此將一般習焉而不察之現象明確標出，使頂真分類更形縝密。至於修正前賢者，如「設問」一格，有的辭書分「疑問」、「提問」、「激問」三類，沈謙指出「疑問」屬於非有意為之問句，未有特殊作用，理當刪去；而保留「提問」（自問必自答）、「激問」（問而不答，然答案必在問題反面），恢復陳望道《修辭學發凡》中分類。又論及譬喻，計分五類「明喻」、「隱喻」、「略喻」、「借喻」、「博喻」，進而於博喻再細分其組成性質：「以明喻組成」、「以隱喻組成」、「以略喻組成」、「以借喻組成」為四項；理路嚴整清晰，使人明白易從。凡此皆作者智珠在握，沉潛轉精之處。

就剖析佳例觀之，本書以精確闡釋修辭上之兼用見長。蓋一種辭格之演練較易，然多種之配合運用則較不易。故書中，沈謙在分析時，一再說明。如〈李陵答蘇武書〉：

兵盡矢窮，人無尺鐵，猶復徒手奮呼，爭為先登。當此時也，天地為陵震怒，戰士為陵飲血。

「人無尺鐵」之「鐵」是借代，代指兵器。「天地為陵震怒，戰士為陵飲血」兩句均夸飾，「天地為陵震怒」又屬擬人。又宋玉〈答楚王問〉：

客有歌於郢中者，其始曰下里巴人，國中屬而和者數千人；其為陽阿薤露，國中屬而和者數百人；其為陽春白雪，國中屬而和者不過數十人；引商刻羽，雜以流徵，國中屬而和者，不過數人而已。

指出從「下里巴人」到「陽阿薤露」、「陽春白雪」、「引商刻羽，雜以流徵」，人數從「數千」到「數白」、「數十」、「數人」，是層遞；而平行敘述間，句法長短參差，則為綜錯。其他如對偶兼映襯，反諷兼映襯等，書中多能極態盡研，加以說明，使人深知靈活運用之整合效果。至於修辭與文法之關係，基於《修辭學》範圍所限，較少著墨。以映襯中之「反襯」為例，所謂反襯是「用與此事物的現象或本質相反的詞語」，今檢驗書中所舉實例：「深刻的平易」、「智慧的樸拙」、「荒謬的條理」、「開明的專制」、「睜眼的瞎子」等，即上下語詞間以鮮明對比方式構成。然就文法而言，此亦即矛盾語，運用矛盾組合形成更深刻複雜的文意。事實上，不管自「反襯」或自「矛盾語」剖析，兩者均能說得通。

縱觀沈謙《修辭學》，於修辭理論無不參伍綜貫，振葉尋根；於修辭舉例無不生動活潑，條分縷析。通過其《修辭學》洗禮，向來模糊不清的觀念得以澄清，對語詞日漸僵化的感性得以重新活絡；跟隨沈謙在山重水複的文學天地縱橫遨遊，舉目是文意字義的千巖萬壑，入耳是音節聲韻的泉滴水響，透過他一路上提要鈎玄，親切道來；往昔目睹的風景無不美感再現，未知之境無不得而驚視，相信閱畢此書，必能登堂入室，大歎中文修辭之豐美可觀。

大一初見沈老師，於學長李正治、蔡英俊所辦的演講。那時沈老師暢談文學中的「關係」與「影響」，風趣幽默，如醍醐灌頂。我因此寫下一篇「鄭袖」與「王熙鳳」人物形象的關係與影響，登在學校《崑崙》刊物。博班時，開始在《明道文藝》刊載「修辭典範」專欄，沈老師鼓勵有嘉，一再談及「讀書要通，透亮，相互發明。」進而沈老師在華視錄空中大學的《修辭學》，找我偕同助講六次。重看當時錄影帶，沈老師談笑風生的影像，歷歷在目。讀者若對沈老師《修辭學》有興趣，可找當時錄製的錄影帶，相互搭看，親聞沈老師唾玉咳珠，妙語不斷，相信必大開眼界，獲益良多。

九十五年九月

《明道文藝》

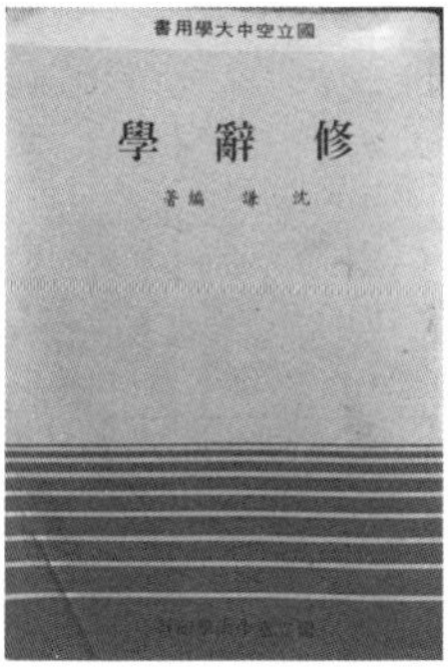

《修辭學》（沈謙著）

《實用修辭寫作學》
（萬卷樓）

浴火重生——《與神同行》觀後感

《與神同行》（*Along with the Gods: The Two Worlds*）是2017年上映的韓國奇幻大片，叫好又叫座。劇情主要敘述消防員金自鴻在一場大火中因搶救一位小女孩而意外喪生，死後由三位使者護送，前往地獄接受七大閻王審判。電影生動呈現人死雖如燈滅，但不滅的是人生果報，出來玩總是要還，每個人要自負因果，如是因如是果，環環相扣，形成縱深景深的「功過圖」、「業障臺」，到地獄一一檢視，無所遁隱。

消防員金自鴻的「浴火」，燒出他人生的窟窿。「殺人」、「怠惰」、「說謊」、「不義」、「背叛」、「暴力」、「天倫」七層地獄的控訴，都是表面，其中更有曲折更揪心的真實，折射他的同情心、同理心與懺悔心；原來只有自人心深處流出來的眼淚，才能洗滌自己，才能流向母親，流向觀眾的人心深處。

人生只有「真」才能「深」。路遙，知馬力夠不夠力；日久，見人心是不是真

心。金自鴻兩難抉擇的「怠惰」、善意的「說謊」、情緒的「暴力」、想用枕頭悶死母親的「天倫」悲歌，再加上弟弟金秀鍾擦槍走火蒙受的「不義」、長官硬是活埋的「背叛」，交織出人性的複雜真實；而只有在「人心唯危，道心唯微」鏡照下，有陽光有陰影，湧現更深沉的黑霧，也湧現更深刻更痛徹心扉的悔悟。

片中經典台詞，第一句是「不要到死了，才想去做活著就應該做到的事。」在在印證「不到黃泉心不死，到了黃泉悔已遲。」的領悟。為人處世真的不能「怠惰」，不能找藉口；需知三不五時，該做的事要及時，及時才有溫度，才有效度。尤其善心不能省，行善不能等，挽起袖子做事，才是充實的人生。第二句是「不要為過去的事，浪費新的眼淚。」強調向左走，向右走，反正向前走；不要讓今天的酒杯，裝著昨日的傷悲。昨天是冥紙，今天是現金；生命應該投入在美好的事務上，奉獻在眼前有意義的事上；走一步，算一步，才能越走越進步。

整部片的高潮，在於金自鴻曾意圖悶死母親的懺悔。貧窮家庭百事哀，年輕的金自鴻身為長子，一度認為「自己沒有比想像中堅強」，肩上擔子扛不下去，想一了百了，問題是「自己也沒有比想像中脆弱」，再怎麼艱難的生活，後來關關難過闖關過，再不好過也都好好過。然而當年的一念之惡，企圖弒母惡行，有必要真心面對，真心懺悔，獲得母親的寬容、原諒。直心是道場，金自鴻雖「其情可憫」，但其罪難逃，錯就是錯，沒有任何藉口。一定要真心懺悔，坦然徹悟，全然改正，絕不再犯，永不貳過。惠能大師《六祖壇經》中指出：「前罪不滅，後過又生；前罪既不滅，後過復又生，何名懺悔？」金自鴻若至死，未能真心懺悔，加害者未能尋求受害者的原諒，痛哭失聲跪在母親前懺過悔罪；則此惡未消，此罪未除，則成惡魔的糾纏堆疊，將無法在母親柔軟慈祥的點頭撫慰中投胎轉世，墮入三惡道，一再沉淪，永無盡頭。

片中兩位帥氣使者江林公子、解怨脈，一掃傳說黑白無常恐怖形象，再加上稚氣使者李德春，共構七七四十九天中「人性化」的導航；挽狂瀾於既倒；障百川而東迴，讓金自鴻、金秀鍾各自的「溝而不通」，在懺悔、寬恕中洗滌淨化，這三位使者成為他們一家三口的「貴人」。

看完《與神同行》，震撼於地獄特效場景，震撼於因果的盤根錯節，更有感於一家人，要與「真」同行，與「善」同行，同行而同心；我們與「惡」的距離，就是我們與「地獄」的距離；冤家宜解不宜結，有心結一定要化解，不要留到地獄審判，回頭是「暗」。而這樣的影片，也一再強調「死亡並不可怕，可怕是死在遺憾裡」，傷害愛你的人。面對死亡，只有勇於認錯，勇於改過，真心懺悔，才能用淚水洗滌心中暗黑陰影，重啟一線光明契機，回頭是岸，站在岸上，洗心革面，重新踏上來生的另一段旅程。

一〇八年八月

《國文天地》第三十五卷第三期

《與神同行》**DVD**封面

《佛祖說**108**個人生智慧》
（楊太石著）

臺灣樹王賴倍元的長青傳奇

千轉萬轉不轉彎，一生種樹為臺灣。頂著「樹痴」、「種樹達人」、「臺灣樹王」的頭銜，賴倍元先生樹立綠色環保的長青典範，一排排樹林撐起滿山多層的綠意，把大愛還諸大雪山野嶺。

對賴桑而言，人生的上半場不是追求價格，而是追求價值；不是追求生意，而是追求公益。身為富二代，他揮別「負惡代」的習氣；耗費二十億，種下三十萬棵樹，放眼不只十年、百年，直指千年、萬年；化職業為千秋事業，一生志業。

種樹者必培其根，種德者必養其心。這樣的心，是「利字放兩旁，道義擺中間」，記利當計天下利；這樣的心，深知「前人種樹，後人乘涼；前人砍樹，後人遭殃」，是公益的分享。他自訂「種樹三不政策」：「不砍伐，不買賣，不留給賴家後代子孫」，化私有、擁有，為共有、享有；種希望，種快樂，種春風，種出三十萬國寶樹的綠色大軍；向下深深紮根，向上直直延伸，伸向藍天白雲，山嵐輕起，木欣欣以向榮，泉涓涓而始流，鬱鬱蒼蒼，守護斯土斯民。

當他二十九歲買山種樹，毅然決然離開養尊處優的貨運行董事長寶座，全力投入造林運動；被笑為「把金子埋進沙裡」的傻子。但這樣的傻子，傻得可愛，傻得可敬；種樹三十餘年，堅持理念，不忘初心，常持恆心。臺灣就需要這樣有始有終的傻子，他一再說：「一生你就是要把時間浪費在美好的事物上，樹就是很美啊！」仰望一棵樹，向上向陽，綠葉搖曳生姿，邀光弄影，直指湛湛青天；披枝散葉，留下滿地清蔭，綠在眼裡，翠在心裡；真的一端照亮天空，一端照亮生態；一端照亮良心，一端照亮歷史，而不少企業團體在賴桑的「風動波振」下，先後投入「種樹救臺灣」的行列，共襄盛舉。

聽著賴桑堅定爽朗的聲音：「我會一直種下去，植樹到天邊。」心裡響起的是「大雪山青綠，一眼看不完」。與賴桑同行，他的「千年之約」，是三生三世，由一塊荒地走向一片樹林，更邁向整座森林。森林裡的神木，有「孔子」、「孟子」、「司馬遷」、「陶淵明」等，在山中鳥鳴中幽然生息，泰然成長，展開和諧妙音的天籟對話。賴桑自道：「我窮得很富有。」是「富人的心」，付出「多種一棵樹，對地球就多一分幫助」的心。與植樹為友，天長地久；付出不藏私，獨樹一幟，深情守護。

馮夢龍《警世通言》道：「樹荊棘得刺，樹桃李得蔭。」賴桑積德不積財，「想做大事，不要再想賺大錢。」是生命境界的提升；化荒蕪垃圾山為綿綿亮眼青山，完全是「十年樹木」、「百年樹木」、「千年樹木」的大格局。賴桑曾自謂「享受付出，享受孤獨。」誠然一語中的。享受「不為己」的付出，享受「大無畏」的勇猛精進，享受「子子孫孫，永寶用享」的正能量；德不孤，必有鄰；善行不獨，必有跟進追隨，似此跨越時空的思維，愛心清流，迴繞地球，在這塊土地熠熠揚輝，朗照立德立功的天空，種樹種德，召喚今人。

一〇八年九月

《中國語文》七四七期

《賴桑的千年之約》
（陳芳毓著）

青翠照眼——評隱地《美夢成真——對照記》

世上沒有被夢想放棄的人，只有被人放棄的夢想。隱地的夢想，是文壇的佳話。這夢想國度，即隱地「文學樹」、「文學廟」（隱地《我的文學我的廟》），這樣的樹是向下扎根，向上延伸，每一圈年輪都是「成長」、「成熟」的橫切面，這樣的廟，以文學為中心，有「美」、有「真」，也有「善」的回流。隱地堅持夢想，一生懸命，把夢想打造成爾雅，把夢想拓展在文山字海裡，讓夢想發芽，讓夢想開花，照亮文學的沃土綠野。

大抵隱地的書寫，立足於時間推移和空間漂泊的撞擊，縱切面與橫切面織錦的「對照」上；在對照、襯托、比較中，往事並不如煙，而是歷歷在目，前事不忘，後事之師。尤其自《漲潮日》自傳（2000），至「五十年台灣文學記憶」年代五書（2017），藉由「對照」，讓讀者目擊、體會「時間作弄人間」、「空間改變人間」；在「今昔差異」、「表裡不一」中，照見有差異有分歧才有意義，有反差有不差才有戲。及至第六十三本《美夢成真——對照記》（2019），隱地無隱，直接現身說法，揭示各種不同的反差，直擊其中的意義。

全書中的「對照記」，不同於張愛玲圖與文的對照，而是「追逐與放棄」、「閱讀與生活」、「記憶與真相」、「理想與現實」、「疑惑與叩問」、「鏡子與領悟」的獨白與對話。在點線面的穿梭與爬梳間，照見「人生沒有如果，只有因果」，各有各的機緣，各有各的曲折。誠然選擇就是命運，選擇自成因果。假如隱地當「影帝」，將是銀海浮沉另一番光景；孰料隱地「走路」「去創業」，失之影壇，而收之長青文壇。兜兜轉轉，隱地無視於橫阻困境，人在框框裡，腦在框框外；即使人生多反諷，仍要選擇「做自己」。路就在腳下，逢山開路；人生就在路上，遇水搭橋，追求而不強求；窺意象而運斤，尋聲律而暢發；安靜而安定，「寂寞，也不感覺寂寞」（《大人物走了，小孩老了》頁五二），「做最好的自己」，披枝散葉，曄曄青華，翠綠迄今。

全書後記謂：「人從生到死之間的路途，逃不出愛因斯坦的相對論。」（頁二一三四），誠然，人生是段旅程，有「曾經」就有「如今」，今之視昔，有黑髮就有白髮，有青春就有告老；這是隱地〈十句話〉中的領悟：「人真是個絕字，一邊向左，一邊向右，一副分道揚鑣的樣子；偏又相連著，各說各話，各走各路，卻又息息相關。」（頁．八六），既相輔相成，合力向前；又相反相成，逆增上緣。自《漲潮日》迄今，隱地就在亦此亦彼，對立的統一中持續前進。當此之際，既「向從前看」，也「向前看」的回眸顧盼中，亦悲亦喜，享受旅程。畢竟年老和青春不是對立，而是共構統一，活下去自當「新鮮絕妙」。

就隱地「十張紙」而言，每一張紙代表十年；第六十三本的《美夢成真——對照記》，屬於六個十年（二〇一三至二〇二二）的代表作之一。概括全書，其中特色，主要有二：一、辨認真實；二、整體宏觀。美夢成真，並非建立在沙灘上的城堡，而是一步一腳印中，逐夢踏實；走得到的是夢想，走不到的是幻想；美夢成真，照見隱地性情之真，也照見其宏觀之真，此即亮軒所稱「另類史筆」（頁二二九），亦即自謂：「老天讓我走到今天，原來是有使命要我承擔。」（頁十四），原來生命是用來完成使命，諄諄之言者，自有其更大的擔當。隱地常引其名句：「青春像一張落葉，生命是一場驟雨。」（頁一五六），不管生命如何若馳若驟，青春永遠飛向更年輕的臉龐，隱地仍有青春不老的心；而一本本書均為印證，落葉並非消逝，而是化作春泥更護花，召喚著未來一顆顆青春的心，燦發的文心，持續在文學國度全力以赴，奕奕揚輝。

一〇九年四月

《文訊》第四一四期

《美夢成真——對照記》（隱地著）

《早餐變奏曲》（隱地著）

山鳴谷應自波振
——讀杜忠誥《研農聞思錄》

中國文化的最基本單位是字，中國文化最靈動的藝術是書法。杜忠誥教授硯池五十載，技藝雙進，金石可鏤；藝道雙成，精誠至極。而其行有餘力的《研農聞思錄》（遠景，二〇一八），風動於上，波振於下；曖曖內含光，獨樹一幟，足為吾輩在「文字、文藝、文化」進境的清流甘泉。

全書第一輯「親師取友」以〈大時代的豐碑〉、〈追憶呂老師〉最令人動容；前者以冷靜的腦，考鏡源流，細述呂佛庭老師學術著作與藝術創作具體客觀成果；後者以溫暖的心，情真意切，細數情同父子，誼在師友的溫馨細節，實為現今師生「慧命相續」的難得典範。兩篇中一再提及呂老師對「真善美」的真知灼見：「美只是一種形式，道德的真與善，才是人類存在的最高價值。」堪稱一語動人心，一句能益世。「真善美」三字，「美」排最後；有道德的真，才能精誠、至誠、精深，深入人心；有道德的善，才能給人歡喜，給人信心，春風送暖。只有「真的美」、「善的美」，才能真實而有美感，充實而有光輝。而文中述及呂老師聞其病至血尿，特來師大男舍相探，並雪中送炭挹助一筆相當小學教員兩個月薪資，苦口婆心，不讓婉拒，解其「平生經濟最感困乏階段，又逢病苦」之際，正是今生永誌弗諼的「貴人」，連在場的摯友王財貴教授亦熱淚盈眶。至於呂老師生平，杜忠誥另撰〈作之師〉、〈完僧上人呂故教授佛庭先生事略〉，收入《池邊影事》（三民書局，二〇一〇）；於今師生並茂，傳薪傳世，杏壇揚芬，足為美談。

第二輯「漢字藝術」，以〈書藝家的三個境界〉，言之有理，發人深思。書藝家有三：匠人、詩人、哲人。三者差異，匠人重法（「澀、衡、貫、和」），以古今人物為師；詩人重趣（「情真、才化」），以心為師；哲人重道（「充實而有光輝」之謂大，「大而化之」之謂聖），以自然為師。同樣在創作上，文章應有規矩方圓，詩意的飽滿，哲學的深刻；由練字、練句、鍊意，終至鍊人。所有文心、藝心，飛揚

控勒，繁華落盡，終當與道心接軌；此為創作與書藝的會通，雖殊途而同歸。文末引牟宗三先生名言：「少年比才氣，中年比功力，晚年比境界。」旨哉斯言，所謂境界亦即修行的層次，所有涵養、豁達、自在、慈悲、柔軟、智慧，均是「道心唯微」的彰顯。

第三輯「感時論事」，因時有感，緣事而發。重申文化精義，在於由「知識的學問」（見聞之知），邁向「生命的學問」（德行之知），強調人如何活得像一個人，注重「人的品質」之提升，由感性、知性、邁向悟性，臻及心靈主體的自覺；由認知主體，至認知全體，終至文化整體的認同。其中〈釋「不即不離」～兼談「e化」時代人類知覺失落症的書法治療〉，對於「不即不離」有精闢見解，指出豪傑聖賢「精勤自修，善於微調，將自家心靈『馬達』（主體）陶鎔轉化到一種最佳運轉狀態而已。這是『不即不離』的究竟義。」而生命的究竟，正是慧命的開展，由「做自己」到「做較好的自己」，終至「做最好的自己」，是藝心的綻放，也是道心的極至。

及至第四輯「生命感悟」，語淺意深，自抒己見。〈關關難過關關過～人生「二十一關」解，無疑針對「人心唯危」、人的「本性很好，習性很差」，加以分化演繹；並依「勤學戒定慧，息滅貪嗔痴」細加發揮。以「屈辱關」為例：「屈辱如火，小器量的人如草，入火則燒盡；大器量的人如金，百煉愈精純。」筆走形象思維，言簡意賅。以「驕吝關」為例，即孔子「如有周公之才之美，使驕且吝，其餘不足觀也矣。」再加剖析；而「畏避關」所引智者言：「逃避未必躲得過，面對未必最難受。」頗值玩味。俗諺云：「能吃苦，吃苦一陣子；不能吃苦，吃苦一輩子。」可相互印證輝映。至於〈澗松三十則〉，其二十一則對「自行束脩」，析「束」為「節制約束」，「脩」同「修」為「培蓄修養」；前者諸惡莫作，後者眾善奉行；兩相比照，儒家「自束脩」可與佛教「自淨其意」會通相契。此當為其「博涉文史哲，融會儒釋道」的靈光乍顯，相互發明，言之有味。

至於第五輯「隨筆札記」，其中〈互相感謝〉，洵為暖心小語。劉雨虹老師來電問「屠羊說」、「嘆鳳歌」典故，杜忠誥查考告知；劉老師致謝，杜忠誥則謝有此機緣，弄清「屠羊說」典故，語出《莊子．讓王》。結尾，劉老師道：「那我們就互相感謝吧！」彼此以「大笑」收場。很容易讓人想起《西遊記》九十八回，唐僧謝悟空一路護持相挺，悟空笑答：「兩不言謝，彼此皆扶持也。」無疑彰顯古來師生間最可貴的情懷：「相互扶持」、「相互成全」，〈互相感謝〉一文亦即現今師生間「真」與「善」的正向回流。反觀〈記「澗松」別號取名由來〉，結尾道：「研究書法，須有一點創作的實證基礎，不然，碰到關節緊要處，便只能憑空擬議思量，全與書法無涉。」讀來深獲我心。確實有實證，才能深中肯綮，識其關鍵精妙。以指導創作、作文為例，教師本身有實際創作經驗，深知取材立意、組織結構、遣詞造句的重點所在，對於引導莘莘學子，必能別有會心，「有方法，有辦法」，多方激盪點提，循序漸進，日起有功。

披閱全書，可見作者左右開弓，文章與書藝相得益彰；泅泳其間，自是文化底蘊與風發墨象的雙重洗禮。忝為其高兩屆的學長，目擊彼此重疊的師長與場景，重睹其學術、創作、書藝過程，倍覺「恰似尋常最奇崛，成如容易卻艱辛」，斐然可觀。五十載的博觀貫一，真積力久，厚積薄發，足為表率。尤其電視「點燈」專訪中，見其謙沖自牧，質樸真淳；談及家中唐寶寶，朗暢自在，直稱「禪者」，一臉溫善笑意，更是見賢思齊，仰止不已。

一一〇年一月

《國文天地》第四二八期

點燈照人間
——我讀張光斗《發現人生好風景》

台灣最美的風景是人，最溫暖的風景是點燈人；光光相攝，燈燈映輝，一朵、兩朵、三朵、千萬朵，燈火通明，給人歡喜，給人方便，給人希望，照亮心的方向。而二十五年來，張光斗就是「點燈」節目的製作人，一步一腳印，用心策畫，令人高山仰止。

十步之內，必有芳草，百步之內，必有奇葩；風景不殊，斗室有光。張光斗《發現人生好風景》是點燈的「再發現」、「新發現」、「多發現」，堪稱是「江南好風景，落花時節又逢君」的陽光版，沒有哀傷，只有正能量。三十五篇小品正是他成長學佛後點點滴滴的「懺悔」、「救贖」與「告解」，映射市井小民的暖心暖目。

在成長的路上，任何在周遭的點燈人，都是生命中的貴人，這裡拉你一把，那裡扶你一把，給你亮光，跨越困境，去除心裡的黑暗。進而在感念、感恩中，由反光體，一躍為發光體；在跌落谷底中觸底反彈，逢山開路，遇水搭橋，過河不拆橋，慢慢學會「做好一件事」、「做一件好事」；由成長而成熟，由成熟而成就，自己一躍為點燈人，做別人的貴人，更做自己的貴人。張光斗奉承法鼓山聖嚴法師開示，一再勇敢堅持「沒人做的事，由我來」，「廣結善緣，源源不絕」、「將心比心，人我更親」，應是《發現人生好風景》中最溫暖的旋律，最撫慰人心的色調。

全書四輯，第一輯「不忘今宵」、第三輯「緣起不滅」，捕捉點燈人的長青身影，娓娓道來，栩栩如生，呼之欲出。第一輯中義勇警消，長春村陳芳姿、舞者廖智、藝人齊豫、郎祖筠、關鍵救援許仁壽、不讓鬚眉「武媚娘」高宏松、大刀王五劉桓、牛哥牛振華、笨鳥張龍雲等，莫不「異於常人」，「異」這個字並非不正常，而是「優異」的超常。共同形塑人間好風景中的典範，綻放向上向善的光輝。第三輯中熊杯杯、綜藝大亨黃宗弘、日人鹽見直紀、東京林子傑、畫家藤井克之、谷睿齡老師等，都是人與人之間珍貴的情調，不分島內島外。尤其寫〈50年後的再見〉，寫初二提點他的谷睿齡老師，師生情誼，無遠弗屆，跨越五十年半世紀，更跨越台北、洛杉磯天涯海角。谷老師雖不是「名師」，卻是作者求學過程中的「明師」；明師是引導、啟發、曖曖內含光，一端照亮自己，一端照亮迷途知返的學生。

反觀第二輯、第四輯，大抵以成長中的經驗為主，直視一家人相濡以沫的同甘共苦，青春歲月的懵懂與不堪；大凡悲喜交集的匱乏年代，全化成「憶苦思甜」的點滴在心頭。而一家人相處之道，不應主動疏離，被動冷漠，形同陌路；而應跨越靦腆那條線，那道坎，展現「互動的擁抱」。輯中〈學習抱抱〉點出東方親子關係必修的一門課。「給我抱抱」當如作者所云：「擁抱有如院子裡傳來的桂花香」，讓自己和家人多關懷，多照顧，成為「家抱」的發光體，而非絕緣體。

在荒腔走板，世態炎涼的時代，封燈、滅燈易，點燈、燃燈難。尤其在沒有太陽的時候，點燈人的目光，就是徬徨者的亮光。永遠希望不絕望，由衷體會希望是比恐懼更強烈的能量；勇敢迎接天上掉下來的陷阱，慢慢讓它變成餡餅，由苦轉甜；懂得讓成長中的種種驚嚇，轉化成「可貴」的逆增上緣，變成日後含淚的微笑與驚喜。而每一位點燈人在在實踐「與其詛咒黑暗，不如點亮一根蠟燭」的名言。台灣並不缺少口水，而是缺少挽起袖口做好事的汗水，需要難能可貴的點燈人，在點燈中學會照顧別人，照顧更多數的人；我不是風景，誰是風景？當夜幕低垂，我不點燈，誰點燈？釀得百花成蜜後，為自己辛苦為大家甜，既分擔又分享，既忍受又享受。

《發現人生好風景》全書清新曉暢，言之有理，言之有味。大凡各人有特殊的亮點，各自的曲折。芸芸眾生中的我輩自應護持點燈人，邁向希望，邁向典範，邁向溫暖的前方。既然斗室有光，人間有愛；就讓愛心變清流，善行變暖流，清流暖流映照點燈人的身影，召喚吾輩見賢思齊的目光。把臉迎向光明，便可無視四周的陰影；把臉背向光明，陰影擴大好幾倍；而點燈、滅燈，全繫一念之間，更賴今生的勇氣與堅持。

張光斗護持人性難能可貴的光輝，以悟性之筆捕捉人生向上向善的燈火，尤其在諸多勇士鬥志的事蹟中，讓人擊節讚賞，去除負面暗黑，迎向正面光明。如〈別用記憶修理自己〉所云：「記憶體太滿，充其量就保留那些美好的」，保留正能量。

張光斗一再宣稱不會放棄「點燈」製作：「再苦要撐下來，繼續往前」，更是《發現臺灣好風景》中最動人的聲音，勇猛精進不退轉，展現奇崛超常的毅力，堪稱「斗室有光」難行能行的現代典範，十足「成如容易卻艱辛」昂然堅韌的具體寫照，奕奕揚輝。

一一〇年二月

《文訊》四二四期

《研農聞思錄》（杜忠誥著）

《發現人生好風景》
（張光斗著）

附錄

顏荷郁作品集

學生作品集

陳秀娟、陳秀虹、張文霜、曾期星、蘇輗

一般世俗總以為「萬般皆下品，唯有讀書高。」殊不知「行行出狀元」才是正確的心態。禪宗六祖惠能大師也有名言開示：「欲學無上菩提，不可輕於初學。下下人有上上智，上上人有沒意智。若輕人，即有無量無邊罪。」

善書永流傳

在熙熙攘攘的龍泉市場，一位慈眉善目的老伯守著一個小攤，販賣各種精美的小玉器，不太引人注意。我駐足隨手拿起一個小玉佩端詳，老伯以非常便宜的價格賣我，把東西包好交給我時，隨口說了一句：「小姐！你學佛嗎？」我說：「沒有。」他拿出一本書：「這本免費送你，回家仔細看，研究佛法對人生有很多啟發喔。」我接過一看，《認識佛教》，淨空法師著，華藏淨宗學會印贈。而這本書，竟成為我開始珍藏善書與學佛的里程碑。

從小到大讀過不少書，閱讀善書倒頭一遭，頗令我震撼與訝異，在當前功利掛帥的時代，為何有人會免費出書送人結緣？仔細拜讀後，才發現佛教和我以往的觀念大相逕庭。本以為上廟拜拜是長輩的迷信，通常帶有功利色彩，求財求官求長壽，年輕人可不太信這一套。淨空法師卻說佛教是最高級的哲學，豈不怪哉？

某日與外子至和平素食用餐，發現靠牆書架上有一排善書DVD等，令人眼睛一亮，如獲至寶，我興奮帶回國際佛光會中華總會印贈的《人間佛教小叢書》，物質與精神皆饗宴，不亦快哉。後來又在全聯超市門口，喜逢法鼓山聖嚴教育基金會出版的「心靈成長智慧隨身書」。這些口袋書印刷精美，小巧玲瓏，可隨身攜帶，隨時閱讀。書中智慧法語，破迷開悟，閱後令人充滿法喜。在人生遭遇困頓挫折時，更像黑夜明燈，指引照亮人生的方向。

多年下來，書房好幾個書架上，便是我從各道場、素食餐廳、超市門口收集來的各種善書，它們是我良師益友，當然閱畢後，我會轉送親友或將其放回原處，等待與有緣人另一次歡喜邂逅。另外，知道印善書是法布施，也會依書後帳戶劃撥款項加入助印行列。

星雲大師曾慈悲開示：「經常做令人感動的事，別人的好心好事，自己也要能感動。」「每天至少閱讀一份報紙，了解時事；至少閱讀一本好書，要做書香人士。」腹有善書氣自華，書香與法喜相互交湧。感謝助印善書的蓮友與機構，默默傳播佛法，熱心分享法食，成就善的循環，慧的開啟，廣為交流，指點迷津，撥雲見日，共同成就人間淨土。

一〇七年四月二十五日

《人間福報》副刊

風的沉思

小時候，住在金山鄉下，生活清貧，夏日酷暑難當。晚餐後，左鄰右舍常會聚在屋外大榕樹下乘涼閒話家常，分享一碗綠豆湯或地瓜冰；孩童則玩跳房子或踢毽子，涼風吹來，舒爽無比。那時家中沒有電視或電扇，上床時刻，母親會搖把紙扇，哼首兒歌，在徐徐微風中，讓我進入夢鄉。居今回想，鄉下生活純樸溫馨。不久大人們口耳相傳，政府將投巨資在金山蓋第一座核電廠。小小窮鄉僻壤，竟然蒙政府相中，眾人不免額手稱慶，似乎尚未察覺風中有不安的訊息。

六十四年參加北區高中聯招，內心忐忑不安，鄉下小女孩首次踏上台北繁華炫目的天地，幸好有國中師長陪考，七月暑氣逼人，蟬聲喧嘩，在考場內揮汗作答，還算順手，反而聽聞有台北學子，因不耐悶熱而昏迷送醫。考後師長帶我們飽餐一頓，順便欣賞台北的五光十色。走在寬闊平直的街道，七月熱風吹來，伴著淡淡的七里香，讓人開懷舒暢。趁著這股熱風，九月帶我飛進總統府旁的名校，展開生命的驚奇豐富之旅。

六十七年再迎台北的熱風，又幸運步入和平東路的臺師大，更在大四時，喜遇外子。兩人雖都是窮學生，假日喜歡騎著腳踏車在台北大街小巷迎風奔馳。也常在校園榕樹下談文說藝。當清風拂來，內心吹起幸福漣漪。沒有豪華大餐，名貴禮物，只有大自然的風在耳邊清唱，見證誠摯純真的情感。

婚後兩人持續騎腳踏車，在風中漫步，迄今已三十多年，相互扶持，合作筆耕，「隨風而逝」的只是時間，「疾風知勁草」是我們迎風前進的志業，執子之手，共同迎向人生的風雨陰晴。

一○三年台北反核運動風起雲湧，我們也躬逢其盛。在總統府前廣場的反核遊行隊伍中，看到來自金山的鄉親，我百感交集。當年的歡欣喜悅竟是今日的反諷，核電諸多爭議該如何化解？人類自鳴得意的科技，其實可能暗藏許多恐怖危機，「世間無常，國土危脆。」能不戒慎恐懼？這也是我和外子多年來力行節能減碳，家中不裝冷氣，不開車。腳踏車、公車、捷運是我們的主要交通工具。天熱時，帶毛小孩至公園蹓躂，涼風習習，暑氣全消，比冷氣機更讓人心曠神怡，既安全無虞，又可為解決能源危機盡點心力。當風吹起，不要讓風笑人類喜關在冷暖氣房，鎮日低頭與機器為伍，與大自然日漸疏離。多傾聽風的召喚，邁開腳步，走出戶外，享受風的親吻，與風同行。

一〇七年十二月十七日
《人間福報》副刊

《為什麼非要減碳不可——給台灣的退燒藥》（聯合報新聞部編著）

向松鼠學習

春末夏初，與外子帶著毛小孩至中正紀念堂踏青，本想去水池旁餵金魚，腳踏車騎經大孝門，被一處綠蔭深深吸引，步入門側，高大群樹圍出一塊空地，擋下炙熱的陽光，涼爽舒暢。突然一陣「恰恰恰」仿機關槍聲響起，不覺抬頭搜尋，心想到底是何方神聖，在樹梢間發出怪腔怪調？忽地一個黑影在榕樹幹上出現，原來是隻赤腹松鼠，身形矯健，蓬鬆尾巴昂然翹起，敏捷在樹間穿梭，尋找同伴。旁側松樹上終於迎來另一個頑皮身影，兩隻爬上爬下，追逐跳躍，玩得不亦樂乎。我馬上拿起相機，捕捉這難得一見的畫面。平常居家看到黝黑長尾小老鼠，總令人退避三舍。想不到另一種鼠類如此活潑可愛，也頗欣賞牠們在此能悠遊自在，逍遙度日。

不久有位遊客在地上撒米，牠們便輕快爬下來，大快朵頤。接著鴿子、麻雀也此起彼落馬上聚集，三類動物和平共食，不會你爭我搶，真是美麗祥和的天地。此情此景令我不禁想起美國十九世紀名思想家愛默生（Ralph Waldo Emerson, 1803-

1882），有一首寓言詩描寫大山與松鼠：

A Fable

The mountain and the squirrel
Had a quarrel;
And the former called the latter 'Little Prig.'
Bun replied,
'You are doubtless very big;
But all sorts of things and weather
Must be taken in together,
To make up a year
And a sphere.
And I think it no disgrace
To occupy my place.

If I'm not so large as you,
You are not so small as I,
And not half so spry.
I'll not deny you make
A very pretty squirrel track;
Talents differ; all is well and wisely put;
If I cannot carry forests on my back,
Neither can you crack a nut.'

詩中藉由大山和松鼠的爭論，提出「天生我材必有用」的觀點。大山嘲笑小松鼠只不過是個小鬼，松鼠不以為忤，從容反駁大山天生萬物各有地位與用處，你有你的雄偉高大，我有我的活潑靈巧，不必以自己的長處來攻擊別人的短處。天賦不同，各有所長，固然我扛不動森林，你也撬不開核桃。愛默生是美國十九世紀文化精神的代表人物，林肯總統曾尊稱他為「美國的孔子」，此詩生動有趣又寓意深遠。

記得在大四「中英翻譯」課上初讀此詩，便驚為精采佳作，腦海彷彿出現一隻小松鼠，昂然挺立，義正詞嚴，反擊大山的藐視，令人擊掌喝采。想起人一生中，難免碰到囂張跋扈的人士，以輕蔑敵視的口氣揶揄嘲笑，多少人有勇氣挺身反駁，據理力爭，維護自己尊嚴？尤其常見一些知識份子狂妄傲慢，目中無人，似乎忘了孔子的教誨：「如有周公之才之美，使驕且吝，其餘不足觀也已！」一般世俗總以為「萬般皆下品，唯有讀書高。」殊不知「行行出狀元」才是正確的心態。禪宗六祖惠能大師也有名言開示：「欲學無上菩提，不可輕於初學。下下人有上上智，上上人有沒意智。若輕人，即有無量無邊罪。」與愛默生此詩也可中西相互輝映。

正沈思回憶間，忽地毛小孩往前衝去，松鼠一溜煙爬上樹，歪著頭往下看，似乎不勝得意：「抓不到我，大笨狗，比我大隻又可奈我何？」我與外子看了不禁莞爾。大者應安其大，小者安其小，互敬互愛，和諧共處，才是人間溫馨好風景。

一〇八年十月十四日

《人間福報》副刊

影音書房

每年寒暑假過後，親友相聚，總愛互相比較「到何處旅遊？」大家七嘴八舌：「北歐十五天，十萬元。」「日本四天三夜，七萬多。」「我花最多，阿拉斯加二十萬元」。問到我們家，我好整以暇回說：「哪都沒去，最省錢。」大伙驚呼：「放假在家多無聊？怎麼受得了？」「怎麼會無聊？只要有間影音書房就不想往外跑呀！」

打自結婚買房起，書房便是我與外子的生活重心，雖只是簡單書架，樸實木桌木椅，人生重要階段的學位論文、升等和各種書籍都在此凝慮而生。又因兩人都愛看電影，便空出一面牆壁，架設簡易型投影機，從此書房又成聲光電影院，日子因「繪聲繪影」，更見賞心悅目。書房是我們縱橫古今，臥遊寰宇的精神樂園。各類書本與DVD、第四台、網路連線，讓天涯若比鄰。與其勞民傷財去阿拉斯加，我們寧可買本旅遊書，打開探索頻道，在書房欣賞專業攝影師捕捉精彩畫面。凡事有利必有弊，旅遊雖可親臨其境，但也讓荷包大失血，再加上舟車勞頓或水土不服，不如在書房悠遊自在，何必一窩蜂趕流行？秀才不出門，也可知天下事。近來書市慘淡，大家若能省下一些旅遊費用，用來買書和DVD，贊助文化產業，不也兩全其美？

美國著名女詩人艾蜜莉・狄金生（Emily Dickinson）有一首小詩生動比喻書本的功用：

There is no Frigate like a Book
To take us Lands away
Nor any Coursers like a Page
Of prancing Poetry –

This Traverse may the poorest take
Without oppress of Toll –
How frugal is the Chariot

That bears the Human Soul—

指出快船航行與駿馬奔馳的速度，都有極限。不像一本書、一頁詩能帶向無限的心靈空間。何況書本這艘船，惠而不費，即使手頭不充裕，也可暢行無阻。乘著書本的車子，可以增廣見聞，擴大視野，洗滌心靈，綻放生命的活力。狄金生一生隱居，詩作卻巧妙獨特，胸懷世界，深知善用書本，含英咀華，不必行萬里路，亦可成為美國傑出女詩人。王安石也說：「貧者因書而富，富者因書而貴。」

與外子、毛小孩相守在影音書房，觀賞《一代禪師》、《六祖惠能傳》、《瑯琊榜》等名劇，配合閱讀《六祖壇經》與小說原著，擷長補短，相得益彰。每日閱讀《人間福報》與佛學大師名著，打開佛教電視台，書房便成聽經聞法的大道場。室雅何需大？品味各類經典名片，飽覽群籍，筆硯相親，打開心窗，吸取無盡的精神食糧。跨越中西文化，處處是驚奇，相互激盪，結伴而行，共享心靈豐美的饗宴。

一〇八年四月九日

《人間福報》副刊

轉「怒」為「恕」

去年外子重拾創作，打算再出一本極短篇集。他孜孜屹屹伏案半年，端出四十篇作品讓我先睹為快。我仔細拜讀，其中雖有佳作，卻有幾篇文章指涉他的初戀，加油添醋，讓我看完怒火中燒，以為他還在懷念四十幾年前戀情。他急忙辯解那些文章純屬拼湊之作，不喜歡就當廢文刪除，但我疑心病一旦被引爆，家中從此抹上陰影。

此後我們的言談就不時會冒出我盤查他初戀的珠絲馬跡。

「結婚以來有和舊情人聯絡過嗎？」「沒有。」

「後悔和她分手嗎？」「沒有。」

「婚後會常想起她嗎？」「沒有。」

我像逮住個現行犯，三不五時提出質問。他雖極力否認，我仍半信半疑，開始注意他的電話信件。本著作家大都「我手寫我口」「筆為心聲」，男人不是總認為得不到的最甜美？家中有個愛吃醋的妻子應是丈夫的一大夢魘吧。回想去年幾個月，家中氣氛低迷，一怒瞋心起，百障萬門開。幾次爭執，外子不復往日談笑風生，我也常哀聲嘆氣。雖也勸自己為一個「已不相干的外人」吵架，實屬幼稚可笑，近年學佛的修持亦兵敗如山倒不堪一擊。還好後來倆人深知應踩煞車，否則玉石俱焚，兩敗俱傷。回到原點，寫作造成的問題仍須由寫作來解決。他重新提筆，鋪陳當初愚蠢初戀（其實只能算單戀）的前因後果，如實交代，揮別過往，不再用遊戲文筆寫令老婆不悅的文章。作家雖有創作自由，但也要注意讀者觀感，傳達正知正見。此番體悟促使他調整寫作方向，作品別有一番風貌，也算因禍得福，家中終於又恢復往日的寧靜和諧。

經過去年寫作爭論事件，讓我猛然發現自己心易隨境轉，八風吹得動，學佛根本不及格。指正別人錯誤喜歡理直氣壯，咄咄逼人，傷人又傷己。人非聖賢，孰能無過？星雲大師在二〇一九年佛化婚禮中慈悲開示：「人世間最寶貴的愛情，是彼此互相諒解、信任、體貼和讚美。用愛才能贏得愛。」《佛遺教經》亦云：「瞋恨之害，則破諸善法，壞好名聞，今生後世，人不喜見。」「瞋為毒之根，瞋滅一切善。」期待來年，多爭氣少生氣，拓寬心量，多包容鼓勵，以佛法為活法，向上向善，己所欲施於人，河東獅吼尤應化為婉轉愛語。更要懂得轉「怒」為「恕」，「怒」是讓心變成情緒的「奴隸」，會火燒功德林。「恕」則是「如」「心」，將心比心，「人非聖賢，孰能無過？知錯能改，善莫大焉。」得饒人處且饒人，凡事留餘地，日後好相處。更要交換思考，忍辱精進，勤修戒定慧，熄滅貪瞋痴，讓情緒變成情感、情操，才能期待豬年諸事吉祥，法喜充滿。

一〇八年一月十四日

《人間福報》副刊

《淨空法師嘉言錄》
（華藏佛教圖書館整理）

雅舍的古典與浪漫

九十九年退休前，曾在師大開一門通識課「世界名人智慧語」，其中有一週介紹文壇大師梁實秋先生。第一堂有外子協同教學，介紹其名言佳句，第二堂則由我帶領學生至校本部圖書館參觀「梁實秋珍藏室」。雖然二樓空間不大，但已可看到梁先生手稿、書信、重要著作、照片、友人饋贈國畫等，琳瑯滿目。學生一邊欣賞，一邊驚嘆連連。尤其看到手稿上訂正、修改的字跡，可見梁先生下筆謹慎，寫作態度認真。與文友信件如胡適、余光中等，情真意切，頗令人羨慕。學生大都表示，參觀後更激發詳讀梁先生作品的熱情。可惜參觀空間狹小，一下子擠進近三十幾名學生，連轉身都不易。我曾向圖書館建議：「是否可移至較大空間？」想不到一百年，學校開始整修梁先生故居，一〇二年正式對外開放，將所有上述珍藏移至故居，更彰顯對一代文學大師的推崇與敬重。

梁先生故居位於雲和街十一號，佔地八十一坪，為一獨棟木造日式建築，斜頂黑瓦，典雅古樸，內部陳列古典懷舊家俱。後院花草扶疏，前院有一顆名聞遐邇的麵包樹，高大茂密，為其夫人所種，也是梁家往昔招待親友聚會場所。站立樹下，彷彿可聽到梁先生在此談文說藝，涼風徐來，賓主俱歡，不易快哉。

故居目前結合文創、販售相關產品，亦有影音導覽，不定期舉辦各種藝文活動，儼然散佈文學藝術的芬芳。雖然我在退休後未能再親自帶領學生參觀故居，但常喜歡路經車水馬龍的師大路，順道拐進雲和街，來拜訪這一位博學慈祥的長者。他的書、字典，從小耳熟能詳，是學習良伴。故居目前週四至週日開放，門外欄杆則可欣賞梁先生名言佳句，讓人發思古之幽情，像這句總讓我感動莫名：

> 生活環境再好，終歸不是自己的國家，異鄉作客的滋味不好受。我想念颱風威脅、濕熱難當、吵雜紛亂的台北！

一代文學大師本可移民他鄉，為何終老台北？台北人常人心惶惶，眼光喜歡往外看，可曾想過台北的可貴與優點？梁先生雖外文系出身，卻未崇洋媚外，獨尊英文，中文造詣甚至勝過許多中文系師生。並為莎士比亞的代言人，創作與理論兼擅，堪稱古典頭腦、浪漫心腸，腳踏中西文化的一代大師。

每當生活疲乏、社會充斥「文學已死」的低沉，我喜歡與外子來此靜坐或徘迴沉思。其實文科學生不必懷憂喪志，文人亦有其傲人之處。忙亂顛倒的時代，閱讀梁先生著作，有大師同行，沉澱慌亂的心情，哲人日已遠，典型在宿昔，望風懷想，別忘了來梁先生故居一遊。

一〇七年七月四日

《人間福報》副刊

（梁實秋故居）

《文學創作的途徑》（爾雅）

衣櫃哲學

俗語說「女人的衣櫃永遠少一件衣服」，代表女人對衣服的慾望是無底洞，亦如飲海水，愈喝愈渴，一件接一件，買不勝買，永不滿足。新衣源源不絕，當然要有衣櫃珍藏，也許女人心中永遠也少一個衣櫃？

小時家貧，在鄉下租屋，房間窄小，擺了床和書桌，便相當擁擠，衣服只有簡單幾件，放在紙箱中，哪有什麼衣櫃可言？有次到同學家玩，看她房間寬敞舒適，有一特大衣櫃，打開門各色衣服琳瑯滿目，讓人眼睛一亮，不勝羨慕，心想等我長大工作後，也要有這樣的一組衣櫃。

大學時，住師大女生宿舍，一間住六人，每人分配一張床、一個書桌和一個衣櫃。室友間除了互相借閱書架上的書籍外，就是喜歡品評穿著打扮。師大校風純樸，甚少人追逐流行風尚，每人衣櫃衣服看起來大都稀鬆平常，只要有件較華麗炫目，總贏得眾人圍觀驚嘆。若有室友開始注重穿著打扮，衣櫃開開關關，挑來挑去，為穿哪件出門而發愁，大家都猜她被愛神的箭射中啦。

七十四年與外子首購新房時，即看中室內裝潢典雅的書櫃和衣櫃。書櫃三兩下外子迅即攻占，衣櫃世界則由我掌管，童年的夢想喜滋滋終於實現。尤其台北市服飾店觸目皆是，一年到頭都有清倉大拍賣，除非你都不逛街，凡夫俗胎誰能抵擋美服的誘惑？於是主臥房衣櫃很快掛滿，客房加買個現成衣櫃，再買呀買，幾年後又衣滿為患。某日，因為超重，橫桿斷裂，衣服掉落一地。此時我才大夢初醒，感嘆衣服為何要買到堆積如小山？不是很多吊牌還在都沒穿過？外子也常說衣服夠穿就好。置裝費若省下來做善事，豈非更有意義？富人一件名牌服飾，窮人也許可溫飽好幾個月？我跌坐在雜亂衣服間，慚愧凝慮思索，「有」也許是「囿」，衣櫃儲藏的是保暖、溫馨、慾望或是虛榮、貪婪與傲慢？回想電視節目播報陳樹菊女士的畫面，她平素都穿著賣菜粗布衣裳，卻已捐款濟貧超過二千多萬！「心」美哪需華服來妝扮？許多富人看似「金玉其外」，卻是「敗絮其中」，反不如她曖曖內含光，善心光輝永流傳。

於是這幾年來我又把衣服一件件從衣櫃取出，有些送親朋好友，更多是捐給慈善團體義賣，衣櫃慢慢消風，不再擁擠，不再浪費太多時間在穿著打扮，待衣服漸清空，便把大衣櫃換成小衣櫃，讓房間較寬敞明亮。想不到兜兜轉轉，三十年後繞了一圈，我又想回歸鄉下人那種簡樸生活，只差這是由繁而簡，甘於清貧，不為物役，衣櫃變小，心量也許反而變寬？尤其想到佛陀一生只有「三衣一缽」，更令人佩服得五體投地，佛陀哪需要衣櫃呢？精神的豐美遠勝物質的虛幻。

面對衣櫃，如今衣衣能捨，不再愚昧昏瞶，緊抱不放。人生如衣櫃，要穿對的，不是穿貴的；衣櫃要收藏「需要的」，不要塞滿「想要的」；人生也如衣服，保暖最舒坦，貼心最舒服。

一〇九年二月十七日
《人間福報》副刊

婚紗照開麥拉

由於我和外子都是鄉下北上求學的窮學生，交往三年，論及婚嫁，兩人便有共識，婚後先買房子，其他從簡。因此便報名台北市民集團結婚，免去所有繁文縟節。婚禮在中山堂舉行，莊重典雅，由當時市長徐水德先生主持，一切禮服、捧花、化妝均由市政府贊助，並提供兩組免費婚紗照。當我們打扮妥當，依約來到攝影公司，進入攝影棚，真像劉姥姥進大觀園。燈光絢麗，各種造型佈置令人目不暇給。依攝影師指示，擺好親密姿勢，拍了兩組，看過毛片，兩人大喜過望。相片中新娘嬌羞甜美，新郎英俊倜儻，儼然一對才子佳人嘛。攝影師趁機幫腔：「要不要再自費多照幾組？有優待喔，又可挑不同禮服。」我正躊躇，想起研究所班上一位男同學剛結婚，便抱怨照婚紗太花錢又不實用。想不到外子爽快答應：「一輩子才一回，當然要多照幾組。」我愣住。這小子平常一塊錢打24個結，什麼時候變如此慷慨啦。那天下午我們照得不亦樂乎，嘗試各種不同造型，古典者有之，浪漫者有之，現代者有之，才發現真是一門學問，打光、姿態、配件都有不同的變化，比起以往照相只會排排站或作固定笑臉，真是不可同日而語。

一週後回去領照片，拿到一本大相簿，外帶一幅四十吋結婚照，掛在臥房，瞬間房內洋溢新婚的喜悅。多年來婚紗照一直是我們的寶貝，不定時會拿出來瀏覽，回味新婚時的甜蜜時光。當然婚後兩人不免意見相左，各持己見，吵架時，難免火大，我也會把臥房婚紗照取下，嚇嚇外子，讓他知道「這次我真的生氣啦，你小心點。」當然重看婚紗照，總會提醒我們當初既然如此相親相愛，怎可為一點小事，就相怨相恨呢？何況明朝《增廣賢文》一書中便有傳世名言：「一日夫妻，百世姻緣。百世修來同船渡，千世修來共枕眠。」結髮為夫妻，理應相互尊重體貼，不比較，不計較，珍惜得來不易的姻緣。最近看大陸劇《如懿傳》，看如懿把和乾隆皇帝的結婚照一刀剪斷，我直呼真可惜，那可是名畫家郎世寧的精心傑作呀！只此一幅，毀壞就無法復原，是否太絕情，反應過度？後來聽聞有些親戚朋友，離婚常反目成仇，便將所有婚紗照銷毀，或者把另一半的臉塗黑，公然放在報上或臉書加以羞辱。還好我和外子床頭吵床尾和，互相扶持已三十五年，婚姻生活亦如倒吃甘蔗，期待白頭偕老。前些年他六十大壽，學生為他出本祝壽集，我還挑兩張婚紗照放在文集中。學生看到老師年輕時青澀純真的照片，不禁笑翻天。外子不以為忤，還得意洋洋問他們：「怎樣？看起來是不是有點像電影明星？」

二一〇年十月二十六日

《人間福報》副刊

狗寶貝的生活日記

1. 我愛包子

今天晚上陪狗爸去買包子，一個二十元，狗爸掏出一百元付帳，接過包子，發現裡面有六個。他跟老闆說你弄錯了，多放一個。老闆指著我，爽快回答：「一個給你家小狗吃。」

哇，給我吃耶，老闆真是善解狗意，臺灣人好有人情味喔。拍謝啦，讓你看到我閃亮的眼睛盯著包子，又猛吞口水的饞相。你真是佛心來著，凡我狗族都熱愛包子。難怪人類有句歇後語：

肉包子打狗——有去無回！

2. 後宮真恐怖

早上狗媽滑手機，看到電視節目表，對狗爸大喊：「《後宮甄嬛傳》又在電視台重播啦！」聽完我差點昏倒。OMG，拜託，歷史可不要重演喔。

話說前陣子我便陪狗爸看這個連續劇。晚上九點看甲台，甄嬛面容憔悴，哭得死去活來。而皇帝呢，躺在病床，一命歸西。

甲台播完，十點轉看乙台，甄嬛竟然彈琴跳舞，得意非凡。皇帝則活蹦亂跳，發號施令。劇情跳來跳去，看得我暈頭轉向，不明所以。

狗媽曾提網路平台有完整集數，可依序觀看。狗爸竟說這樣亂轉亂看，再拼貼劇情，別有樂趣。不過我最受不了看後宮那堆女人鬥來鬥去，好邪惡，好陰險，好恐怖呦。而且也沒狗狗在裏面演戲，真無趣。

3. 讚美話狗愛聽

今天早上狗媽說我頭上的毛太亂了，要幫我修剪一下，我最怕剪刀在我臉上晃來晃去，趕快一溜煙跑掉。但她一把抓住我，一手按住狗頭，一手拿剪刀，嘴巴還不住對我大聲讚美：

「小寶，好乖，好帥，好可愛。小寶，最厲害，剪完變帥哥，眼睛大又亮，好漂亮，好迷人，人人愛！」聽這些話好舒服，我就乖乖讓她剪好囉。

本來狗爸在書房讀書寫作，這時突然笑起來說道：

「好羨慕小寶，怎麼妳從來都沒這樣誇獎讚美我呀？」

狗媽馬上對著書房大吼：

「可以呀，我的老爺，你好帥，好有學問，好認真！有活力，有愛心，教學超級優，研究一級棒，又會作家事，真是天下第一大好男人呀！」

狗爸竟忙不迭回說：「哈哈，拜託，夠了，夠了，好假喔，我受不了囉！」

你們人類好奇怪，要人家讚美又說受不了，還是我們狗狗單純，直來直往，不會做作，不會騙人，對吧？其實讚美的話，就是佛法的愛語布施，人狗都愛聽，大家要常掛在嘴上說喔，這樣每天才會很黑皮黑皮（happy），樂翻天呀！

4. 我怕嗚伊嗚伊

我狗寶貝天不怕，地不怕，最怕救護車的嗚伊嗚伊聲。每次狗爸帶我出去散步碰到救護車呼嘯而過，聲音淒厲，我便無限驚恐，頭皮發麻，直覺有大事發生，我會伸長脖子，仰天長嘯，也發出哀號。

狗爸第一次被我嚇到，後來瞭解緣由，會摀住我耳朵，或快速抱我進巷內，好恐怖喔！我這樣不算是「惡狗沒膽」吧。

下午去中正紀念堂，我正逍遙漫步，一輛垃圾車緩慢駛來，大聲播放「少女的祈禱」，竟讓我又不安嗚嗚哀號，狗爸啞然失笑：「怎麼你連垃圾車也怕喔？」

我有苦說不出口，還好狗媽想了一下，馬上為我辯解：「剛剛好像也有一輛救護車快速駛過。」

對呀！對呀！兩車聲音重疊，你們沿路聊天說笑，又只注意垃圾車音樂，我聽力超強，救護車的聲音也瞬間讓我捕捉。下次沒弄清楚前，不要隨便笑我。

最近天氣多變化，大家要多保重身體，注意保暖，吃好睡飽，知足常樂，隨緣自在，才能頭好壯壯。不要讓救護車在馬路上跑來跑去，讓我心驚膽顫唷。

5. 老鼠真聰明

今天發現有一隻小老鼠躲在床頭櫃後面，我蹲在櫃子前面搖尾巴，對小老鼠喊話：

「喂，小老鼠，不要怕啦，我是狗，不是貓，我不會咬你，快出來跟我玩呀。我們也可來比賽誰跑得快，我請你吃狗餅乾。」

過了五分鐘，小老鼠沒動靜，我等得不耐煩，開始發火，對牠狂吠：

「你還不出來喔，小心我叫狗爸挪櫃子，等一下我要衝進去，把你抓出來喔，不要敬酒不吃吃罰酒。」

這時狗媽竟笑起來，對我說：

「老鼠如果有那麼笨，被你騙出來，牠就不會是十二生肖第一名。你們狗狗，可是倒數第二名呀。」

6. 狗必有跳蚤

昨天狗爸幫我洗澡，今天看我在抓癢，發現我身上有一隻跳蚤，皺起眉頭說道：

「你怎麼才剛洗完澡，身上就又有跳蚤？」

蝦米呀？這甚麼話啊！我是狗耶，身上當然會有跳蚤。就像你們當教授的，寫文章總要引條文學理論，狗媽說美國作家孟肯（H. L. Mencken）有一句名言，把我們相題並論，相當幽默俏皮哩：

A professor must have a theory as a dog must have fleas.

（教授必有理論，正如狗必有跳蚤。）

再說有跳蚤讓我東抓抓，西抓抓，日子才不會太無聊呀。

一一一年一月二十八日

《人間福報》副刊

學生作品集

走過

陳秀娟
臺北市玉成國小老師

極愛這樣的天氣，雲層，不是烏雲，遮蔽了陽光，但天卻又是白亮的，幾抹藍天仍在；風快速且涼爽，當然，我接受山的徵召，走入它懷抱。

習慣是好是壞呢？說不定，就像喝慣自己買的茶，別人送的茶葉再貴再好，偶爾也想回到習慣的韻味。飯店再舒適高貴雅致，還是不如自己的窩舒服。並非除了南港山就沒別的山可親近，但它是最方便的，重要的是，習慣它的高低起伏、轉折蜿蜒、攀爬下降。可以「無視」的走，放心的與自己對話。

特地提前一站下車，走一小段路，算是暖身吧。春雨果然潤物，入山不遠處的竹林，已濃密高大，將遠景都遮去了，即便邀來風，也只夠他們搖曳出沙沙，恐無多餘的為人消暑。我知道，得一路攀登，走出谿底，爬到山腰，攀上稜線，才能享受縱目極視，涼風吹拂的恣意。

除了幾聲偶啼的五色鳥鳴聲，今天的山很靜，踢踏一路落葉，我專心省思。個性中總有些許偏執，明知某些想法言行不全然正確，卻固執不加以琢磨。是親愛家人的包容，這些稜角凹凸，才沒有造成傷害。提醒自己：「別縱容自己。緊密如家人，天天生活在一起，也得用心經營互動關係，才能享受一室溫馨幸福。」

一路不曾稍息，只因天些微暗了，幾滴雨穿透濃密樹冠落在身上。原本淋一身濕也無妨，但口袋的手機卻濕不得，只好加快腳步。幸好老天沒想真正改變天氣，倒是汗不停滴下，擦了又出；終於，走上脊稜，得以環視四周與我等高的遠山。只是風景再好，終不能將自己化為山林土石，永遠眺望，仍得下山。

步入歸途不再趕路，悠閒走著。一隻小臘腸跟在主人後面，超越我蹦跳著下山。身後那條尾巴，隨著牠跳動的韻律，規則的以逆時針方向轉圈圈。我興味盎然的看著，以為狗族下山的姿態都這麼可愛，一路觀察，發現不是。牠有時是上下晃動，有時也以順時針方向轉動，來不及看出其中規律原則何在。後來看到博美，尾巴高舉如一朵盛開的花，就沒有臘腸令人牽動嘴角的生動變化。

察覺自己心境的轉變，突然悟到：「是否也該放手讓孩子們以自己的步伐，行走他們的人生？父母不必將擔子扛上身，讓他們懂得擔起時擔起。如此，既培養他們的責任感，親子關係也和睦，豈不兩全？」這麼一想，下山的腳步更輕盈了。

（陳秀娟・張春榮）

《作文教學風向球》
（萬卷樓）

水晶婚感言

陳秀虹
新北市積穗國小老師

如何讓你遇見我
在我最美麗的時刻　為這
我已在佛前　求了五百年
求他讓我們結一段塵緣

——席慕蓉

夢中我在一座古老的廟宇跪在菩薩面前，祈求菩薩讓我覓得郎君，畫面一幕幕，我彷彿遇見此生的他，即將託付他一生。冥冥中的安排，因緣際會之下，我與遠在澎湖服役的先生相遇了，隔著台灣海峽談起遠距離戀愛。當我踏上澎湖的陸地，來到觀音亭，海風輕拂我的臉頰，也吹醒我的記憶，夢中的菩薩出現在我的眼眸，悄然無聲地在我和先生的手腕繫上紅線，相識一年多，我們決定情牽一世。

婚後我們是牛郎和織女，身為職業軍人的先生肩負保家衛國的使命，單位時常調動，見面的時候不是一個星期就是半個月，我好羨慕別人能如膠似漆，如影隨形，而我總是形單影隻。大兒子出生時，我難產；懷老二時，半夜出血，許多的狀況讓遠在天邊的先生幫不上忙，但先生的愛在遠方源源不絕向我傳送，彼此以沫相濡，加上家人、公婆的支持與關懷，兒子出生的那一刻，心中洋溢燦爛的希望。之後我身兼數職，除了上班還要照顧、接送孩子，身心承受巨大的壓力，淚水數次從眼角流下，也慢慢的從心窩沁出，我終於明白當初爸爸為什麼會擔心我嫁給職業軍人了。如今兩個孩子日漸長大，益發貼心懂事，先生也調至離家較近的文職單位，生活趨於安定美好，家浸浴在幸福、調和的氛圍中。這些點點滴滴的印記喚醒了我的愛和力量，帶領我朝向更光明美妙的生命進展，也帶給我更多的豐足與愛，我學會用愛面對一切。

回首過往有時不知道自己怎麼走過來，從被父母捧在手心上呵護的嬌嬌女，蛻變成換燈泡、水管、修理東西等樣樣一把罩的女強人。這條路走來著實艱辛，而能讓我堅持下去的則是我先生，他對我始終如一，讓我做自己，不善言詞性情樸實憨厚的他，總是默默陪伴著我。當我迷失自己時，如太陽般的先生，讓我這株小花安安靜靜、簡簡單單地，找回內在純淨，看到內在光亮。

十六年的婚姻是水晶婚，我彷彿從一塊再普通不過的石頭，慢慢琢磨成一顆晶瑩透亮的水晶，在婚姻中獲得滿滿的愛；在婚姻中明瞭愛的真諦；也在婚姻中體悟到尋找自己的重要。我們在彼此的懷裡，也住進對方心間，默然相愛，寂靜歡喜，不管是好與不好，快樂與悲傷，都成為生命的一部分。我和先生的小圓，圓滿這個婚姻，成就這個緣。緣起相惜，願執子之手，與子偕老，一起邁向下一個瓷婚。

（左起：陳秀虹、顏荷郁、張春榮）

農耕樂

張文霜
臺北市明湖國中老師

種絲瓜的過程頗耐人尋味，經歷幾番挫折。第一次種時開花，都沒有結果，只換得一片綠意盎然，黃花朵朵也增添幾分情味。與同事研究後，始知是未施「開花肥」，因此第二次耕作時，在滿園黃花後，適時施肥，果然結實纍纍，從內心響起了歡呼，期待果子成熟的收割。沒想到竟遭不明生物啃噬，小小的果實不是被咬得坑坑疤疤，就是被食得只剩綠色皮，真是讓人心情跌到谷底。極度沮喪時，不想再有任何的作為，就讓田園任意荒蕪，一連雨季也不用去澆水。雨季過後，太陽出來了，那些長不大的絲瓜，在豔陽烈日下，變成菜瓜布；又因為它們長不大，大小正好可以「一手掌握」，剝去外殼，取出其中的種子，變成一個大小適中的洗身菜瓜布，則是始料所未及，可以將它送給自己喜歡的人。原來生命的魅力在於以未知為標點，有時會有問號，但有時也會常出現驚嘆號，最後則畫下美麗的句點。

每次從事農作時，總是要先除草，讓我深刻體會：「草無論在怎樣艱困的環境中都能存活下去，永遠有旺盛的生命力。」我們要學習它們的「韌性」，不要「任性」。耕種時，物我兩忘，頗能體會陶淵明：「採菊東籬下，悠然見南山」的意境，植物雖是無言，但它從來不傷害別人，雖然在一開始，彼此不相識，總覺得很難理解它，最後卻也發現它是有情。只要你用心在它身上，就一定會給你驚喜，心在哪裡，驚喜就在哪裡。

等到蔬果成熟時，就想到如何將這些食材變成佳餚美食，將許多不同顏色的蔬果擺在一起，令人眼睛為之一亮，心情大好。烹飪不僅可以療癒，還可以活化思維，創意大料理，天天五蔬果，健康跟著走，每一道佳餚的呈現，就是主廚才華的展現。年輕時只知道追求「價格」，拚命賺錢；年紀較長時追求「價值」，一直到身體反撲了才知道，原來「健康」才是最重要，這時才知道要「養身」、「養生」，養身、養生就從這一刻做起，種自己喜歡的菜，烹調自己種的菜，吃自己做的菜，既安心又滿足；而每天按時吃飯，把自己照顧好，就是給家人最大的幸福。做午餐是我每天最重要的事，把它吃完是我最滿足的事，就讓我們從種菜開始吧！

婚姻之路

曾期星
新北市蘆洲國中老師

夫妻之間相處日久，該是雜揉一份舉手投足的靈犀。至今，和太太結婚十二年，俗稱「鏈婚」或「亞麻婚」。無論是亞麻或是鐵鏈，都是交織連鎖在一起，如同夫妻的心該是緊密結合，共同為兩人建立的家庭去努力。或許兩人來自不同家庭背景，有著截然不同的個性，依然可以透過同理的溝通和彼此的尊重，建立理想的相處之道。

我和太太同樣來自創價，因信仰相識，在利他的使命中前進，進而相互關心，更透過祈求彼此成為對方一輩子的共戰夥伴，踏上夫妻同心的旅程。我們堅信婚姻不是互相凝視，而是一同立下決意，為著共同的理念成為一輩子最親密的夥伴，一起成長、前進，這也是以佛法信仰為根本最重要的一件事。當然，婚姻之路如同人生之路，　定會遇到困難挑戰，遇到挑戰時，我們都是以信仰來超越，努力奮鬥，相信一定會「冬必為春」，最後都成功超越過來。

回想和太太一路走來，我從未忘記在結婚佛前儀式那段誓言：我要守護妳如師匠生命的女兒，誓終此生。有共同信仰的我們，平日各有利他的使命，總是不忘師匠池田大作先生的期待，共同凝視前方，相互鼓勵和支持，確信兩人只要同心地持續前進，就會各自綻放向上的光芒，我們彼此的信任和敬愛也會更加深。

我們深知幸福美滿的婚姻，不只是找到人生的心靈伴侶，而是每天歡喜迎接一場場的奮戰，唯有堅定地握著雙手，懷抱感謝之心，一起成為同心奮戰的伴侶，才能獲得絕對幸福的美滿婚姻。為此，更期許自身以夫妻之力持續構築幸福城，希望更多人因為我們的結合而更加幸福。

（左起：曾期星、張春榮、蔡芳定、陳清俊）

（左起：顏荷郁、張春榮、張文霜）

居處與漸遠的童年

蘇輗

我是個適應力很強的人，多年來，搬過無數次的家，也一次次地適應了生活；不如前一代散文作家們總會提起的，慌亂又失落的逃難景象，我擁著一份份期待和失落，迎接著或許相似、或許相異的生活，這帶給我無數的樂趣。

林口是我童年時最有記憶的居處之一，雖然我的氣喘和過敏症狀同樣對其印象深刻，那潮濕的空氣，總是起霧的山路，以及夜半深更的急診室。

但別對林口產生偏見，沒提到的還有圍繞在周邊各有特色的公園，相伴的表哥、表姊，以及最令我期待的，每周三定期擺設的熱鬧夜市。

那時才四、五歲的我，不敢提出要求，卻在每個星期三晚上等待著任何一位大人說出：「要去夜市嗎？」才中氣十足地喊著贊同，隨意套上幾件衣物便急著衝出家門，也不忘拉上身後的「金主」，吵著嚷著要玩套圈圈、打彈珠、射氣球……。

爸爸套圈圈的技術可厲害，先神氣地問我想要哪一個陶瓷娃娃，然後便老神在在地往左手上抓一排圈圈，右手接連扔出漂亮的拋物線，總能準確地打在我喜歡的陶瓷娃娃周圍，有時正中卻又彈開，我便失望的嘆氣，心情的幾次大起大落，使最後是否得到陶瓷娃娃，好似根本不重要了。

從不令我失望的是摩天輪，那時好似還沒人在乎它是否具有足夠的安全性，擺置在卡車上的一個個鐵箱子銲接著，靠著馬達和發電機轉動，一個小車廂可以乘坐兩個小嬌客，在領取一支棒棒糖後，被攙扶著，揚起下巴，高貴的踏入車廂；有時別個車廂需要進出，我們便會被留置在高空中，那時我們用離地五米的寂靜對比整個夜市的喧囂，加冕自己為今夜的女王。

可惜後來便甚少看到摩天輪了。

漸漸長大後周圍充斥著招牌花俏，攤位典雅的夜市，各大連鎖店在夜市裡紛紛樹立旗幟，觀光客湧入夜市，擠出了原本的居民們，究竟是現在的夜市逐漸多了滿滿的銅臭味，又或只是我小時從來未曾察覺呢？

常年混跡於民生社區的我，最能知覺到的，便是饒河街夜市了罷。在松山捷運站通車後總是會有一節節的人蟲，從捷運出口扭阿扭地扭入了夜市，在大同小異的攤位、娃娃機臺和俗套的伴手禮商店間湧動，再扭阿扭地扭回捷運站。

想幾年前在上海地鐵上大啖東北雜糧餅當早餐的我，這還真有點諷刺。

我國一時和全家人一起移居上海，我沒讀上臺商學校，但卻也在當地的初中給捧成了上賓，清楚記得被一個上了年紀的體育男老師，一口一個用上海話喊著「臺灣同胞」時，那種複雜卻也哭笑不得的感受。

在上海時是我第一次親眼見到降雪，那時住十二樓，冬天時，我最喜歡抱著本書，跑到父母親房中，坐在一方大理石的小窗臺上面，一陣涼意襲來，中庭的風景襯著腿上的書本，是再適合不過了，靠在窗邊，就著和煦的陽光翻動書頁，偶爾向下眺望時，卻給我發現了飄落的雪花。

臺灣的我們，沒有際遇，或許從沒機會見到雪花飄落的模樣，剛見到時，我甚至驚異於雪花竟真的如同卡通裡邊畫的一般，是各有形狀的六角冰晶。

在親戚眼中看似舉家流落的我們，一無反顧踏入了四處皆捲著舌的國度，離開了熟悉的人們，卻相對多了一分能做自己的自由。

而後從上海回到臺灣，我們和忙碌的生活方式又被車程遙遠的淡水給分割開來。

大部分人總是矛盾的不愛喧鬧，又鍾情於便利的生活，住慣便利的民生社區，淡水則是佔盡了不喧鬧的優點，一個小鎮，擁有著一條舉國聞名的老街，傍著一條淡水河，眺望對岸燈火闌珊的八里左岸，這就是淡水的日常。

住在淡水，夜晚沒有燦爛的霓虹燈，沒有嘈雜的喇叭聲，只有一盞盞先後熄滅的燈，在大樓上靜靜的閃爍著；住在淡水，早晨沒有車水馬龍的條條瀝青道路，沒有匆忙奔行的人群，只有一家家先後展開販售的早餐店，在冷清的街道上，熱火朝天的忙碌著；我深深的喜歡著這樣的景象，如果這小鎮有生命，靜這一字，會是深刻到骨子裡去的氣味。

最棒的是，我在淡水的邊緣，找到記憶中的夜市。

那時騎車騎了好一陣子，朝著北海岸的方向走，突然瞧見路邊空地上的夜市，蒸騰的白煙，喧鬧的人群，小販們忙碌而純樸的吆喝聲，不需要導航，我便自動停到路邊，出神地睜著眼，那個在夜市裡坐著摩天輪，高高在上俯視著人群的小女孩，又浮現了。

張春榮寫作大事記

張春榮寫作大事記

一九八二年　出版《公無渡河》（樂府詩賞析）（聯亞）。

一九八三年　完成碩論《楚辭二招析論》，王更生教授指導。

一九八六年　出版《詩學析論》（三民）。

一九八七年　出版短篇小說集《含羞草的歲月》（師大書苑）。

一九八八年　出版散文集《鴿子飛來》（駿馬）、完成博論《姚惜抱及其文學研究》，王更生教授指導。

一九九〇年　出版極短篇集《狂鞋》（聯經）。

一九九一年　出版《修辭散步》（東大）。

一九九二年　出版散文集《青鳥蓮花》（爾雅）、與妻編著《英語修辭學（一）》（文鶴）。

一九九三年　出版《一把文學的梯子》（爾雅）、《鴨子找人》（圖文）、《皇帝挨罵》（圖文）。

一九九五年　出版《一扇文學的新窗》（爾雅）。

一九九六年　出版《修辭行旅》（東大）、《修辭萬花筒》（駱駝）、與妻編著《英美名詩欣賞》（文鶴）。

一九九七年　與妻編著《英語修辭學（二）》（文鶴）。

一九九八年　與妻編著《英美文學名著選讀》（文鶴）。

一九九九年　與妻編著《英美文學作品導讀》（文鶴）。

二〇〇〇年　出版《極短篇的理論與創作》（爾雅）、與陳清俊、顏藹珠、蔡宗陽、潘麗珠共同設立「臺師大國文系師鐸文學獎學金」、與臺師大英語系教師三十人、隱地、爾雅、文鶴、書林、敦煌、東華出版社共同成立「臺師大英語系文學獎學金」。

二〇〇一年　出版《現代散文廣角鏡》（爾雅）、《修辭新思維》（萬卷樓）、與妻編著《英美文學名著賞析》（文鶴）。

二〇〇二年　出版《作文新饗宴》（萬卷樓）、與妻設立「北教大語創系沈阿鄉老師紀念獎學金」。

二〇〇三年　出版《文學創作的途徑》（爾雅）、《創意造句的火花》（螢火蟲）、《創思教學與童詩》（螢火蟲）。

二〇〇四年　與妻編著《名家極短篇悅讀與引導》（萬卷樓）。

二〇〇五年　出版《看圖作文新智能》（萬卷樓）、《國中國文修辭教學》（萬卷樓）、與妻編著《電影智慧語—西洋一百部電影名句賞析》（爾雅）。

二〇〇六年　與妻設立「北教大語創系張春榮、顏藹珠老師文學獎學金」。

二〇〇七年　與妻合編《英美名家小小說精選》（書林）、出版《極短篇欣賞與教學》（萬卷樓）、與妻設立「臺師大英語系張春榮教授獎學金」。

二〇〇八年　與妻編著《世界名人智慧語》（爾雅），與陳清俊、鄭敏華、顏國明、曹淑娟、林于弘、顏藹珠共同設立「北教大語創系佛學研究獎學金」。

二〇一〇年　與妻設立「臺師大英語系宗教研究獎學金」、「顏藹珠老師獎學金」。

二〇一一年　出版《文心萬彩：王鼎鈞的書寫藝術》（爾雅）。

二〇一三年　出版《現代修辭學》（萬卷樓）、編選《臺灣現當代作家研究資料彙編：王鼎鈞》（臺灣文學館）。

二〇一四年　與妻主編《文心交響：語文教學與文學論集》（萬卷樓）、出版《現代修辭教學》（萬卷樓）。

二〇一五年　與妻編著《中外名人智慧語》（爾雅）、出版《語文領域的創思教學》（萬卷樓）、與妻、楊淑凌合編《佛學大師智慧語暨王子悅造像碑》（麋研齋）。

二〇一六年　與陳清俊、鄭敏華、顏藹珠成立「臺師大國文系佛學研究獎學金」。

二〇一七年　出版極短篇集《南山青松》（爾雅）。

二〇一八年　出版《實用修辭寫作學》增修訂版（萬卷樓）。

二〇二一年　出版《作文教學風向球》增修訂版（萬卷樓）。

二〇二二年　出版散文集《春荷青鄉》（萬卷樓）。

張春榮臺師大開放課程一覽表

二〇一二年　與妻合錄通識「世界名人智慧語」

http://ocw.lib.ntnu.edu.tw/course/view.php?id=296

二〇一三年　錄文學院「修辭學」

http://ocw.lib.ntnu.edu.tw/course/view.php?id=380

與妻合錄通識「中西名詩賞析」

http://ocw.lib.ntnu.edu.tw/course/view.php?id=459

二〇一四年　與妻合錄通識「中外名人智慧語」

http://ocw.lib.ntnu.edu.tw/course/view.php?id=504

錄通識「佛學大師智慧語」

http://ocw.lib.ntnu.edu.tw/course/view.php?id=495

文化生活叢書・詩文叢集 1301063

春荷青鄉

作　　者　張春榮
責任編輯　蘇　輗、呂玉姍

發 行 人　林慶彰
總 經 理　梁錦興
總 編 輯　張晏瑞
編 輯 所　萬卷樓圖書(股)公司
臺北市羅斯福路二段 41 號 6 樓之 3
電話 (02)23216565
傳真 (02)23218698

發　　行　萬卷樓圖書(股)公司
臺北市羅斯福路二段 41 號 6 樓之 3
電話 (02)23216565
傳真 (02)23218698
電郵 SERVICE@WANJUAN.COM.TW
香港經銷
香港聯合書刊物流有限公司
電話 (852)21502100
傳真 (852)23560735

ISBN 978-986-478-599-5
2022 年 4 月初版
定價：新臺幣 280 元

如何購買本書：
1. 劃撥購書，請透過以下帳號
帳號：15624015
戶名：萬卷樓圖書股份有限公司
2. 轉帳購書，請透過以下帳戶
合作金庫銀行　古亭分行
戶名：萬卷樓圖書股份有限公司
帳號：0877717092596
3. 網路購書，請透過萬卷樓網站
網址　WWW.WANJUAN.COM.TW
大量購書，請直接聯繫，將有專人為您服務。(02)23216565 分機 610

如有缺頁、破損或裝訂錯誤，請寄回更換

國家圖書館出版品預行編目資料

春荷青鄉 / 張春榮著. -- 初版. -- 臺北市 : 萬卷樓圖書股份有限公司, 2022.04
面；　公分. -- (文化生活叢書 ; 1301063)
ISBN 978-986-478-599-5(平裝)
863.55　　110022570